हिन्द पॉकेट बुक्स

राजा महाराजा

यादवेन्द्र शर्मा 'चन्द्र' राजस्थान के सर्वाधिक चर्चित व प्रसिद्ध उपन्यासकार, कहानीकार तथा नाटककार थे। इन्होंने राजस्थान की सामंती पृष्ठभूमि पर अनेक सशक्त उपन्यास लिखे हैं। उनके उपन्यास *खम्मा अन्नदाता*, *मिट्टी का कलंक*, *जनानी ड्योढी*, *एक और मुख्यमंत्री* तथा *हज़ार घोड़ों पर सवार* आदि में सामंती प्रथा के पोषक राजाओं व जागीरदारों के अंतरंग के खोखलेपन, षड़यंत्रों व कुंठाओं पर जमकर प्रहार किये गए हैं। राजस्थानी भाषा की पहली रंगीन फ़िल्म *लाजराखो राणी सती* की कथा यादवेन्द्र शर्मा 'चन्द्र' ने ही लिखी थी। हिन्दी भाषा में लिखने वाले राजस्थानी लेखकों में यादवेन्द्र शर्मा 'चन्द्र' सबसे अग्रणी रहे।

राजा महाराजा

कामांध रजवाड़ों की एक सच्ची कहानी

रोमांस और रोमांच से भरपूर

यादवेन्द्र शर्मा 'चन्द्र'

हिन्द पॉकेट बुक्स
पेंगुइन रैंडम हाउस इम्प्रिंट

हिन्द पॉकेट बुक्स

यूएसए | कैनेडा | यूके | आयरलैंड | ऑस्ट्रेलिया
न्यू ज़ीलैंड | भारत | साउथ अफ्रीका | चीन | सिंगापुर

हिन्द पॉकेट बुक्स, पेंगुइन रैंडम हाउस ग्रुप ऑफ़ कम्पनीज़ का हिस्सा है,
जिसका पता global.penguinrandomhouse.com पर मिलेगा

पेंगुइन रैंडम हाउस इंडिया प्रा. लि.,
चौथी मंजिल, कैपिटल टावर -1, एम जी रोड,
गुड़गांव 122 002, हरियाणा, भारत

पेंगुइन
रैंडम हाउस
इंडिया

प्रथम हिन्दी संस्करण हिन्द पॉकेट बुक्स द्वारा 1975 में प्रकाशित
यह हिन्दी संस्करण हिन्द पॉकेट बुक्स में पेंगुइन रैंडम हाउस द्वारा 2022 में प्रकाशित

10 9 8 7 6 5 4 3 2

इस पुस्तक में व्यक्त विचार लेखक के अपने हैं, जिनका यथासंभव तथ्यात्मक सत्यापन किया गया है, और इस संबंध में प्रकाशक एवं सहयोगी प्रकाशक किसी भी रूप में उत्तरदायी नहीं हैं।

ISBN 9789353494346

मुद्रकः रेप्रो इंडिया लिमिटेड

www.penguin.co.in

FSC www.fsc.org MIX Paper from responsible sources FSC® C047271

This is a legitimate digitally printed version of the book and therefore might not have certain extra finishing on the cover.

राजा महाराजा

प्रेत-किला

दोनों ओर छोटे-छोटे मकान। कलात्मक और आकर्षक। प्रायः मकानों में खिड़कियां अधिक, पर छोटी-छोटी। संकरी घाटी। कठिन चढ़ाई। तांगेवाला अपने अभ्यस्त घोड़े को शाबाशियां देता हुआ दुर्गम चढ़ाई चढ़ रहा था, "ओ बे अरबी, शाबाश, ज़रा संभलके... चेत...चेत..."

घोड़ा पसीने से नहा लिया था। वह लम्बे-लम्बे सांस ले रहा था, जिससे उसका पेट धौंकनी-सा लग रहा था। थोड़ी देर में घोड़ा रुक गया। तांगेवाले ने गोपाल को उतरने के लिए विनतीभरे स्वर में कहा, "बाबूजी, घोड़े के पांव जवाब दे रहे हैं। तकलीफ तो होगी, पर ज़रा आप उतर जाइए। चढ़ाई बहुत ही दोरी (कठिन) है।"

गोपाल तुरन्त उतर गया।

खाली तांगा चढ़ाई चढ़ने लगा। अब घाटी का नया घुमाव आ गया था। इस घुमाव के छोर पर एक मंदिर बना हुआ था। दूर से वह संगमरमर का भ्रम पैदा कर रहा था, परन्तु वह चूने की कली का बना था। सम्पूर्ण मंदिर पर योग-भोग की अनेकानेक मूर्तियां बनी थीं। चौरासी आसनों को मंदिर पर अत्यन्त ही कलात्मक रूप से प्रस्तुत किया गया था।

गोपाल मंदिर के सम्मुख पहुंचा। एक पल रुककर शीश नवाया। तभी उसके कानों में घंटा-ध्वनि का पावन स्वर समाया। एक आवाज़ सीढ़ियों पर तैर गई, 'जय जगदीश।'

गोपाल आगे बढ़ गया।

अब रियासत के प्राचीन प्रमुख किले का तोरण द्वार दिखाई पड़ने लगा था। विशाल दरवाज़ा। लोहे के कपाट। कपाटों के ऊपरी हिस्से में लम्बी-लम्बी तीखी भालों की नोक की भांति कीलें। दोनों ओर दो पत्थर के हाथी, जो अपनी संडों में मालाएं लिए हुए थे, मानो वे बरसों से आगन्तुकों का अभिवादन कर रहे हों। उसकी बाईं ओर एक हवेली। उजाड़ और सूनी। दाईं ओर एक तंग गली।

तांगेवाले ने कहा, "यह यहां का खास किला है। खास किले के नीचे, राजा किसनसिंहजी का भुतहा महल है। उसके पास नदी बहती है। नदी में भयानक जल-जीव हैं।"

गोपाल ने तांगेवाले को सरप्रन देखा। फिर पूछा, "भुतहा महल में तुम कभी गए हो?"

"तोबा...तोबा...तोबा ! जानबूझकर अपनी जान कौन गंवाएगा बाबूजी !"

गोपाल ने तांगेवाले को किराया चुकाया।

तांगेवाले ने जैसे भूली हुई बात को याद करके कहा, 'आपको पुरोहितजी की हवेली जाना है न ? बस, इस तंग गली में नाक की सीध चलते जाइए। जहां यह गली खत्म होगी, वहीं पुरोहितजी की हवेली है। एक बड़ी प्रोल। प्रोल के दोनों खम्भों पर शेर बने हुए हैं।"

गोपाल उस गली में घुस गया।

गली तंग और बदबूदार थी। उसमें काफी उतार-चढ़ाव थे। कई घुमाव थे। गली के आवारा कुत्ते उसे भूखी नज़रों से देख रहे थे। उसके आगे एक पनिहारिन अपनी 'रमझोल' के घुघरू छनकाती हई गजगामिनी-सी जा रही थी। एकाएक वह एक छोटे-से दरवाजे में घुस गई।

गली में प्रशांत मौन पसर गया।

थोड़ी देर चलने के बाद वह पुरोहित की हवेली के आगे पहुंच गया।

मरघटी सन्नाटा हवेली के आसपास फैला हुआ था। प्रोल के किवाड़

टूटे हुए थे। कचरा रास्ते के बीचोबीच पड़ा था। वह हवेली में घुस गया। बड़ा-सा आंगन। आंगन में भी कचरा इधर-उधर बिखरा पड़ा था। आंगन के चारों ओर छोटी-छोटी कोठरियां थीं। बंद और मकडी के जालों से घिरी। जगह-जगह कबूतरों की बीटें। पांखें। सड़े हुए कागज़ और चिथड़े। बड़ी रही स्थिति थी आंगन की। लगता था कि कई रोज़ से झाड़ू भी नहीं लगी है। गोपाल ने सुना था कि कभी इसी आंगन में हाथी झूमा करता था।

तभी उसे सीढ़ियों से एक महिला उतरती हुई दिखाई पड़ी। वह लाल रंग का घाघरा, ओढ़ना तथा कांचली-कुरती पहने हुए थी। उसने लम्बा-सा घूंघट काढ़ रखा था। उसके पांवों में चांदी की भारी-भारी कड़ियां थीं। उसे देखते ही वह स्त्री वापस सीढ़ियां चढ़ गई, मानो वह इस अजनबी को देखकर घबरा गई हो। गोपाल ने विनम्र स्वर में कहा, "सुनिए, मुझे पुरोहितजी से मिलना है। मैं बड़ी दूर से आया हूं।"

स्त्री अदृश्य हो गई।

वह फिर ध्यान से हवेली को देखने लगा। पहाड़ी पत्थरों की बनी थी हवेली। राख के रंग का पत्थर था। उसमें कहीं-कहीं लाल पत्थरों का भी प्रयोग किया गया था। चारों ओर बरामदे थे। प्रोल के सामने वाले बरामदे के आगे पत्थर की जालियां लगी हुई थीं।

हवेली तीन मंजिल की थी। उसने अपनी दष्टि को ऊपर की ओर उठाया। एक गंगा खालीपन। उसने आहिस्ता से पुकारा, "पुरोहितजी..."

आवाज़ गंजकर मर गई।

आखिर वह सीढ़ियां चढ़ गया। सीढ़ियों का रास्ता तंग था। सीढ़ियों की चौड़ाई भी बहुत कम थी। पत्थर भी घिसा हुआ था, जो इस बात का प्रतीक था—कभी इस हवेली में आने-जाने वालों का तांता लगा रहता था।

सहसा उसके पांव चिपक से गए। मन में आशंकाएं तैर गईं। उसे बिना हुक्म के हवेली में नहीं जाना चाहिए। हवेलियों के अपने कायदे-कानून होते हैं। कहीं लेने के देने न पड़ जाएं। वह स्वयं इन राजा, महाराजा, ठाकुर और राजवी लोगों की सनकों से परिचित था। बात-बात में तलवारें म्यानों से

बाहर निकालने वाले ये लोग कितने विचित्र स्वभाव के होते हैं ! वह वापस आंगन में आ गया।

सहसा उसे एक सनकी ठाकूर की बात याद आ गई। मेवाड़ के एक गांव की बात है। उस गांव के ठाकुर ने सुबह-सुबह एक आदमी को गिरफ्तार करके अपने हुजुर में बुलवा लिया। आदमी कांप रहा था। ठाकूर अफीम की 'डली' को निगलकर बोला, 'हरामजादे, तू मेरी जनानी ड्योढ़ी में क्यूं घुस आया था ?'

आदमी का चेहरा पीला पड़ गया। ठाकुर ने अपनी तलवार निकाल ली थी, जो धूप में चमक रही थी। उसने गिड़गिड़ाकर पूछा, 'अन्नदाता, मैं कब आपकी जनानी ड्योढ़ी में घुस आया था ? मैं तो अपने घर में ही था।'

ठाकुर की आंखें लाल हो गईं। वह दांत पीसकर बोला, 'सिर्फ घुसा ही नहीं, बल्कि तूने हमारी पासबानजी की इज्जत पर हाथ भी डाला है।'

आदमी चीख पड़ा, 'यह सरासर झूठ है। सफेद झूठ। मैंने उन्हें कभी देखा ही नहीं है। ठाकुर साहब, आपको किसीने मेरे खिलाफ भड़काया है।'

'आंखोंदेखी बात कभी भी झूठी नहीं होती।' ठाकुर अपनी बांकड़ली मूंछों पर ताव देकर बोला, 'हमने अपनी आंखों से देखा है।'

'कहां?'

'सपने में।'

वह आदमी हंस पड़ा। भोला था, सो हंसते-हंसते लोटपोट हो गया। उसके हंसने ने ठाकुर के गुस्से को चौगुना कर दिया। वह उसे फोश गालियां निकालकर बोला, 'नालायक, तू मेरे सामने दांत निकालता है ! कारिन्दो, इस बदतमीज़ को पकड़ लो।'

आदमी ने शांत स्वर में कहा, 'अन्नदाता, सपना झूठा होता है, जंजाल होता है। मैं आपको कहता हूं कि इसमें मेरा कोई दोष नहीं है।'

ठाकूर ने खलनायक की मुद्रा में कहा, 'हम गधे नहीं हैं। दूर की सोचते हैं। आज तू सपने में हमारी मूंछ का चावल ले गया तो कल हकीकत में भी ले जा सकता है। भला हम आने वाले खतरे को क्यों पनपने दें ?...'हम

तुम्हारी नाक काटेंगे।'

'यह अन्याय है, अत्याचार है।'

ठाकुर उन्माद में हंसा। उसने उस निरपराध की नाक को काट डाला। आदमी आर्तनाद करता रहा, 'नहीं-नहीं, यह अन्याय है, अत्याचार है ...जुल्म है...।'

ठाकुर अपनी रक्तसनी तलवार देखकर गर्वित हुआ। उसने अफीम की डली और निगल ली।

पांवों की आहट ने गोपाल का ध्यान भंग किया। आंतरिक भय के कारण उसका सारा शरीर पसीने से भीग गया था; क्योंकि उसे महसूस हुआ कि किसीने उसीकी नाक काट डाली है। अचानक पांवों की आहट ने उसे कंपा दिया। वह आतंक से घिर गया। संभलकर देखा—एक अत्यन्त ही वृद्ध आदमी सीढ़ियों के बीचोबीच खड़ा है। सिर पर पीले रंग की पगड़ी। मैली-कुचैली। सन की तरह सफेद दाढ़ी-मूंछे। अचकन। घुटनों तक की धोती। नेत्र बड़े-बड़े, जिनमें झांकती गहराई।

गोपाल ने तुरन्त ही सिर झुकाकर कहा, "प्रणाम पुरोहित जी।"

"आप मुझसे मिलना चाहते हैं?" भारी आवाज़ में पुरोहितजी बोले।

"जी।"

"कहां से पधारे हैं?"

"दिल्ली से। प्रोफेसर हूं। स्थापत्य कला का प्रेमी हूं। घूम-घूमकर प्राचीन किले और इमारतें देख रहा हूं। यहां आया तो लोगों ने आपके दर्शन करने को कहा। इसलिए कष्ट देने के लिए हाज़िर हो गया। आशा है, आप मुझे निराश नहीं करेंगे।"

पुरोहितजी ने गोपाल को सिर से पांव तक देखा। वह फिर अज्ञात भय से घिर गया। उसे लग रहा था कि पुरोहितजी के नेत्र नेत्र न होकर अंगारे हो गए हैं।

"पधारिए।" पुरोहितजी घूमकर सीढ़ियां चढ़ने लगे। गोपाल ने उनका अनुकरण किया। बहुत ही कृशकाय थे वे। उम्र का अन्दाज़ लगाना कठिन था। कड़कती हुई आवाज़ और चढ़ने का ढंग बता रहा था कि उनमें अब भी काफी

जीवट है। लगभग तीस सीढ़ियां चढ़ने के बाद वे दोनों खुले बरामदे में आ गए। यह एक तरह की बैठक थी। काफी बड़ी थी। उसमें तीन झाड़-फानूस लटक रहे थे। उनपर गर्द जमी हुई थी। खंभों पर महीन नक्कशी का काम था। एक तख्त बिछा हुआ था। उसपर दो गावतकिये तथा एक पीठ-तकिया रखा था। चादर और तकियों के खोलों पर मैल और चिकनापन जमा हुआ था। समीप ही दीवार में एक तिजोरी जड़ी हुई थी। तख्त के बाईं ओर दो सिंहासननुमा कुर्सियां पड़ी हुई थीं—अपनी जर्जर हालत में। वे बेरंग भी हो गई थी।

"बिराजिए।" उन्होंने कुर्सी की ओर संकेत किया। फिर वे तख्त पर लगी जाजम पर पालथी मारकर बैठ गए। पूछा, "आप क्या पीएंगे—ठंडा या गर्म ?"

"जी, कुछ नहीं। आपकी कृपा है।"

"कुछ तो लीजिए ही।" पुरोहित ने प्रार्थनाभरे स्वर में कहा, "मैं कहता हूं कि आप चाय पीजिए।" उन्होंने तख्त के नीचे से एक घंटी निकाली। उसे तीन बार बजाया। फिर लम्बा सांस लेकर अपनी दाढ़ी पर हाथ फेरा। पूछा, "कैसे आना हुआ?"

"पुरोहितजी ! मैं राजा किसनसिंह का किला देखना चाहता हूं।

पुरोहितजी की आंखें विस्फारित हो गईं। वे कुछ सहमते हुए से बोले, "आपको मालूम है कि वह किला वर्षों से बंद है ! क्यूं बंद है इसके बारे में भी आपको कुछ सुराग मिल गए होंगे?"

"सुना है, उसमें प्रेतात्माएं रहती हैं।"

"फिर...?"

"मुझे भूत-प्रेतों में विश्वास नहीं है।" गोपाल ने दृढ़ता से कहा, "मैं उनसे ज़रा भी नहीं डरता। आप मुझे किसी भी तरह इजाज़त दिलवा दीजिए या आप स्वयं मेरे साथ चलिए।"

पुरोहितजी ने उसे गौर से देखा। उसकी आंखों में एक पीड़ा मुखर हो गई। वह अपने-आपसे बोले, "जवानी की उम्र बड़ी ही खतरनाक होती है। इस उम्र में आकर आदमी भूत-प्रेत क्या, मां बाप, बंधू-बांधव और

अच्छी-बुरी सभी बातों में विश्वास नहीं करता, लेकिन जो लोग हठ करके राजा किसन के किले में चले गए, वे या तो मर गए अथवा पागल हो गए। उन्हें भूत-प्रेतों से ही नहीं, आदमियों से भी डर लगने लगा। आतंक उनकी आत्माओं की गहराइयों में बस गया। ...प्रोफेसर ! मैं एक चिट्ठी देता हूं, उसे गौर से पढ़ो।" वह एक पल चुप रहकर बोले, "चाय अभी तक क्यों नहीं आई?"

पुरोहित ने इस बार घंटी ज़ोर से बजाई। यह घंटी बिजली वाली नहीं थी। यह घटी थी—पूजा वाली। फिर वह उठे। उन्होंने अपनी कमर में करधनी बांध रखी थी। रस्सी की करधनी। उसमें कई चाबियां लटक रही थीं। उनमें से सबसे बड़ी चाबी निकालकर उन्होंने तिजोरी खोली और एक चिट्ठी निकाली। उसे गोपाल को सौंपकर कहा, "पढ़ो इसे।"

गोपाल ने चिट्ठी को पढ़ना शुरू किया : 'पुरोहितजी, अब मैं स्वस्थ हूं। आपकी बात को न मानकर मैंने बड़ा कष्ट उठाया। राजा किसन के किले में प्रेतात्माएं हैं। मैंने वहां घंघरुओं की आवाजें सुनीं, उनके कहकहों को सुना... उनके स्पर्श और दबावों को महसूस किया। भगवान की दया से बस मैं मरा नहीं। आप स्वस्थ होंगे।' —दुर्गादास

गोपाल मन ही मन कांप उठा। कुछ पलों तक वह निश्चल-सा बैठा रहा।

पुरोहितजी ने बड़प्पन से कहा, "मेरा सौ बरस से अधिक उम्र का तजुर्बा है। राजा किसन और महाराजा किसन दोनों इस संसार में अब नहीं हैं, लेकिन उनकी स्मृतियां, अत्याचार और वासना से लिथड़े पृष्ठ इन किलों के एक-एक खंभे, कक्ष और महल में चिपके हुए हैं।"

"मैं महल को किसी भी कीमत पर देखना चाहता हूं और वह भी आपके साथ।"

बहुत आग्रह-अनुरोध के बाद पुरोहित ने कहा, "पर सिर्फ दिन में। रात को उधर जाने की सलाह नहीं दूंगा। फिर भी कितने ही सिरफिरे मानते ही नहीं हैं। चोरी-छिपे किले में घुस जाते हैं और फिर एक दर्दनाक अंत के शिकार हो जाते हैं।"

पुरोहितजी की आकृति अपार करुणा से भर गई। वह विगलित स्वर में बोले, "दो वैज्ञानिक छात्र एक बार आए थे। रात को चुपचाप राजा किसन के किले में घुस गए। न किसीको सूचना, न किसीको खबर। ...सुबह लोगों ने नदी में एक लाश तैरती देखी। तब लोगों को ध्यान आया कि उसका एक साथी और था। मेरे पास भी यह खबर आई। मैं स्वयं चंद लोगों को लेकर गया। उन दोनों ने आंगन को भी खोदा था। वहां एक जर्जर कंकाल पड़ा था। उस कंकाल के थोड़ी दूर पर एक दरवाज़ा था। उस दरवाजे के बीच दूसरा साथी मरा पड़ा था। पुलिस दोनों लाशों को ले गई। दोनों की मौत हृदयगति रुक जाने से हुई थी। कदाचित् प्रेतों की भयानक आकृतियों को देखकर वे भय से ही 'राम नाम सत' हो गए हों!"

चाय आ गई। उसे एक बुढ़िया लाई थी। उसने भी अपने झुर्रियोंदार चेहरे को घूंघट से ढक रखा था। उसके हाथ का प्याला कांप रहा था। पुरोहित ने कहा, "राजा किसन का किला और महाराजा किसन का किला दोनों अद्‌भुत किले हैं।"

गोपाल को राजा-महाराजा की बात चौंका गई। वह पूछ बैठा, "पुरोहितजी, यह राजा-महाराजा का क्या रहस्य है ?"

"बस इन दोनों के पीछे रहस्य ही रहस्य है। कई रोमांचक और लोमहर्षक गाथाएं हैं। इतनी विचित्र कि सुनने वाला उन्हें परीलोक की कथाएं समझ बैठे। इन दो महलों के एक-एक कक्ष में उन ऐयाश प्रेतों की कहानियां ही कहानियां बिखरी पड़ी हैं। इन सूने और शांत किलों में कभी एक क्षण भी हलचल बंद नहीं होती थी। सुरा, सुन्दरी और वैभव का सागर ठाठे मारा करता था। ये दो किले ! ...राजा किसन और महाराजा किसन के।" अतीत का अंजन पुरोहितजी के नेत्रों में उझक आया।

दोनों की पहली भेट

पश्चिमी आंगन में जब सूर्य की आभा मुखर होती, तब मन्दिरों से घंटा-ध्वनियां और मस्जिद से अजान का स्वर सुनाई पड़ता।

महाराजा संग्रामसिंह सुबह जल्दी उठ जाता था। उसके उठने के पूर्व दो दासियां उसकी सेवार्थ खड़ी रहती थीं। एक के हाथ में सोने के गिलास में पानी होता था और दूसरी के हाथ में एक 'धामा', जिसमें महाराजा कुल्ला करके थूका करता था।

महाराजा का कद बहुत लम्बा था। रंग गोरा और आंखें खूखार। सिंह की भांति धारदार। उसके शरीर पर अत्यधिक बाल थे। नाक चपटी। होंठ अजीब ढंग के मोटे। आकृति पर अजीब-सी कठोरता। उसे सुन्दर एकदम नहीं कहा जा सकता था।

प्राचीन किले का 'संग्राम महल' शीशमहल की तरह था।

शीशमहल की तरह इसलिए कि उसमें शीशों के अलावा बहुमूल्य माणिक-मोती जड़े हुए थे। यह महल बहुत बड़ा नहीं था, पर इसकी बनावट अनुपम थी। खूब हवादार और खुला था। इसके खंभों पर सोने और चांदी की कीमती नक्काशी का काम था।

राजा संग्राम की इक्कीस रानियां थीं। इन रानियों में अधिकतर उच्च क्षत्रिय वंश की थीं। उनके अलग-अलग महल थे। उन महलों पर कड़े पहरे थे। इसके अलावा पासबाने, मरजीदाने, पर्दायतनें और बेशुमार डावड़ियां।

राजा संग्रामसिंह के रंग-रूप में श्रेष्ठता का कोई चिह्न विशेष नहीं था। वह इस रियासत का हकदार था, क्योंकि स्वर्गीय महाराजा ने उसे गोद लिया था।

संग्राम के महाराजा बनते ही उसने अपना आतंक फैलाना आरंभ कर दिया।

उसकी रियासत का एक 'ठिकाणा' था—उधमपुर। उधमपुर का जागीरदार स्वर्गीय महाराजा रूपसिंह के साथ दिल्ली के बादशाह की सहायता में मराठों से लड़ा था। उसमें उधमपुर के ठाकुर राव दीपसिंह ने महान वीरता का प्रदर्शन किया था, वह भी बीस साल की उम्र में। उससे बादशाह बहुत ही प्रसन्न हुआ। उसने दीपसिंह को मनसब के साथ-साथ दो अरबी दासियां भी दीं। ये दासिया इतनी खूबसूरत थीं कि आसपास की ठकुरानियां तथा रानियां उन्हें देखने आती थीं। मजे की बात यह थी कि वे दोनों अपनी ही पोशाक

में रहती थीं। संग्रामसिंह की ठकुरानी ने भी उन दोनों को देखा था। उसने उन दोनों के रूप-यौवन की भूरि-भूरि प्रशंसा करते हुए कहा था, "ये दोनों पूगलगढ़ की पद्मिनियां लगती हैं। जब पानी पीती हैं तो गले में उतरता हुआ लगता है। भूल से कहीं हाथ लग जाए तो दाग पड़ जाए।"

संग्राम के मन में सांप लोटने लगे। सौभाग्य से रियासत कल्पनापुर के महाराजाधिराज राव रूपसिंहजी की अचानक मृत्यु हो गई और ठाकुर संग्राम 'महाराजा संग्रामसिंह' के नाम से कल्पनापुर का अधीश्वर बन गया।

महाराजा रूपसिंह की मृत्यु शिकार करते समय एक दुर्घटना में हुई थी। वह बहुत साहसी था। बड़े-बड़े शेरों को उसने मारा था। उस दिन वह पहाड़ी घाटी में बह रही नहर के पास अपने आदमियों से मचान बंधवा रहा था। इस घाटी में दो-तीन नरभक्षी सिंह थे। उन्होंने बड़ा ही उत्पात मचा रखा था। वहां के निवासी उनसे आतंकित थे। जब प्रजा ने महाराजा के सामने फरियाद की तो उसने तुरन्त उन आदमखोरों को मारने का निश्चय कर लिया।

वह अपने लश्कर के साथ आ गया। मचानें बंधने लगीं। भैंस के 'पाडियों' व बकरियों को पेड़ों से बांधा जाने लगा। तभी अचानक एक आदमखोर राजा रूपसिंह के तम्बू में घुस गया।

रूपसिंह अफीम खा रहा था। उसके पास सिवाय एक चाकर के कोई नहीं था। वह आदमी चिल्लाकर भागा, "शेर...शेर... शेर..."

महाराजा रूपसिंह संभले, इसके पहले ही उस आदमखोर ने महाराजा को दबोच लिया। महाराजा स्वयं भिड़ गया। निहत्था महाराजा कुछ करे, इसके पहले ही शेर ने उसे चीर डाला। तभी कुछ बन्दूकधारियों ने आकर शेर को मार डाला।

महाराजा का चेहरा विकृत हो गया था। उसकी नाक नीचे लटक गई थी। गालों में गहरे-गहरे जख्म हो गए थे। गर्दन कट गई थी। वह दुर्घटना के तुरन्त बाद ही मर गया।

उसका रक्त-सम्बन्ध संग्राम से था। इसलिए संग्राम कल्पनापुर का महाराजा बना। महाराजा का शोक समाप्त होते ही महाराजा संग्राम ने

तुरन्त ही तीन विवाह किए। फिर उसने ठाकुर दीपसिंह को दरबार में बुलाया।

दीपसिंह ने संग्राम के चरणों में इक्कीस मोहरें रखीं। पूछा, "क्या हुक्म है महाराज?"

"राव सा, हमने आपको एक खास मकसद के लिए बुलाया है।"

"हुक्म कीजिए, राव का वंश हर घड़ी आपके लिए अपने प्राणों का बलिदान करने को तैयार है।"

"हमें आपके प्राण नहीं, आपकी वे दोनों अरबी दासियां चाहिए। सुना है, वे बहुत ही सुन्दर हैं। इतनी सुन्दर चीज़ों के हकदार हम ही हो सकते हैं।"

"लेकिन महाराज, वे मेरी रानियां हैं।"

"मचेच्छ जाति की स्त्रियां क्षत्रियों की रानियां नहीं बन सकतीं।"

"सिंहासन की नहीं बन सकतीं, पर हृदय की तो बन सकती हैं।" दढ़ स्वर में दीपसिंह ने कहा, "मैं उन्हें रानियों से अधिक मान-सम्मान दे रहा हूं।"

संग्राम की भूटियां तन गई। उसकी खूंखार आंखों में हिंलता दीप्त हो गई। कड़ककर बोला, "हमें वे दोनों दासियां चाहिए। यह हमारा यानी आपके राजा का हुक्म है।"

दीपसिंह मौजूदा स्थिति को तुरन्त ही समझ गया। सिर झुकाकर बोला, "जो हुक्म अन्नदाता ! कल तक दासियां आपकी जनानी ड्योढ़ी में पहुंच जाएंगी।"

"हम इस खुशी में आपको दुर्गागढ़ का पट्टा दे रहे हैं।"

"जय हो अन्नदाता की।"

दीपसिंह अपने ठिकाणे लौट आया। उसने दोनों दासियों को तीव्रगामी ऊंटनियों पर सवार कराकर अपने दिल्ली स्थित महल को रवाना कर दिया। उनके साथ उसके विश्वासी सैनिक थे।

जब तीन दिन बीत गए तब संग्राम का माथा ठनका। उसने अपने सेनापति परमार पृथ्वीराज को बुलाया। सारी स्थिति समझा कर कहा, "हमें

सही स्थिति की जानकारी दी जाए।"

परमार पृथ्वीराज ने बताया कि वे दासियां तो दिल्ली की ओर रवाना हो चुकी हैं और दीपसिंहजी ने कहलाया है कि किसी महाराजा को उसके ताबेदार ठिकाणे की बहू-बेटियों पर कुदृष्टि रखने का हक नहीं है।

संग्राम के नेत्रों में खून उतर आया। उसका चेहरा विकृत हो गया। उसकी राफें फैलकर घिनौनी लगने लगीं। कड़ककर बोला, "उस कुत्ते की यह मजाल ! मैं उसको जिंदा जला डालूंगा। उसके ठिकाणे को फूंककर राख कर दूंगा। उसका नामोनिशान मिटा दूंगा। नमकहराम ने मुझे समझ क्या रखा है !"

सेनापति परमार बुत बना हुआ खड़ा था। वह कभी-कभी पलकें उठाकर धुआं-धुआं हो रहे महाराजा संग्राम को देख लेता था, जिसकी मूंछे कत्थक नृत्य कर रही थीं।

अंत में संग्राम ने अपनी सेना को लेकर दीपसिंह के ठिकाणे पर आक्रमण कर दिया। सुनते हैं, दीपसिंह ने बड़े साहस के साथ सामना किया; पर संग्राम की विशाल वाहिनी के समक्ष उसे पराजित होना पड़ा। उसके महल को लट लिया गया। उसमें आग लगा दी गई। दीपसिंह को पकड़कर आग की लपटों में झोंक दिया गया।

संग्राम का आतंक दिन-प्रतिदिन बढ़ता गया। अफीम का वह रात-दिन सेवन करता था। उसके आदमी साधारण प्रजा का बेहद शोषण करते थे, और वह स्वयं प्रजा पर अमानुषिक अत्याचार करता था।

उसने एक-एक करके इक्कीस शादियां कीं। ग्यारहवीं रानी शक्तावत गुलाबकंवरजी से राजकंवर किसन का जन्म हुआ। तब रियासत में इक्कीस दिनों के उत्सव मनाए गए थे। इक्कीस दिनों तक इसलिए कि महाराजा के इक्कीस रानियां थीं। उन दिनों किले को सजाया गया था। हर महल की दीवारों पर दीये जले थे। वैसे ही दीये प्रजा के हर गरीब-अमीर को जलाने पड़ते थे, यह आवश्यक था।

युवराज किसन का पालन-पोषण ठाठ से होने लगा। बीस रानियां किसन की मां रानी गुलाबकंवर से ईर्ष्या करती थीं और गुलाबकुंवर

महाराजा संग्राम के कान भरती रहती थी कि ये सब इस वंश के सूर्य को निगलने के लिए षड्यंत्र करती रहती हैं।

इस परिवार की कलह ने संग्राम के जीवन को धीरे-धीरे अशांत बना दिया। वह अफीम के साथ शराब का भी सेवन करने लगा। जब-जब वह तनावों से घिरता था, तब-तब वह सुरापान करके किसी सून्दरी को लेकर रंगमहल में चला जाता था।

जब किसन तेरह वर्ष का हुआ, तब उसने अपने बाप की गतिविधियों को समझना शुरू कर दिया। वह जानने लगा कि इस किले में कुछ ऐसी आत्माएं हैं जो उसके बाप को चैन की सांस नहीं लेने दे पा रही हैं।

किसन की देखभाल का काम शिवनाथ को सौंपा गया। पंडित शिवनाथ अंग्रेजी, फारसी और हिन्दी जानता था। इसके साथ-साथ एक ट्यूटर उतरप्रदेश से बुलाया गया था। वह जाति का कायस्थ था। नाम था हनुमान सहाय। प्रकाण्ड विद्वान था। उसने युवराज किसन की दिनचर्या निश्चित की थी; पर युवराज किसन किसीकी परवाह नहीं करता था। वस्तुत: वह हठी था। जिस चीज़ के लिए अड़ जाता, उसे करवाके ही दम लेता था।

वह सुबह-सुबह अपने दो घोड़ों की बग्घी पर बैठकर सैर करने जाता था। उसके आगे-पीछे चार अंगरक्षक होते थे, जिन्हें वह नगर की चारदीवारी के बाहर छोड़ देता था। नगर के पश्चिम की ओर पहाड़ी इलाका था। उस इलाके के बीच एक सीधी-सपाट सड़क थी। उस सड़क पर आते ही वह घोड़ों की लगाम पकड़कर स्वयं बग्घी चलाने लगता था। वह ज़रा भी भयभीत नहीं होता था। उसके दोनों घोड़े हवा से बातें करते थे। मजे की बात तो यह थी कि वह उन्हें अपने काबू में रखता था। वस्तुतः उसमें उम्र के हिसाब से बहुत अधिक ताकत थी। हौसला था।

एक दिन की बात है।

युवराज अपनी बग्घी को भगाते हुए ले जा रहा था। एकाएक उसने देखा कि उसका हमउम्र एक लड़का सड़क के बीचोबीच खड़ा है। युवराज किसन ने घोड़ों के चाबुक लगाई। घोड़ों की गति में तीव्रता आ गई। उधर

उस लड़के ने चिल्लाकर कहा, "घोड़ों को रोकिए...घोड़ों को रोकिए।"

युवराज ने आदेशभरे स्वर में कहा, "रास्ता छोड़ दे, सूअर के बच्चे।"

"नहीं, पहले गाड़ी रोकिए।"

युवराज की इच्छा एक पल के लिए उसे कुचलने की हो गई, पर न जाने क्या सोचकर उसने घोड़ों को रोक लिया। फिर वह चाबुक लेकर नीचे उतरा और उसने सटाक्-सटाक् उस लड़के को पीटना शुरू कर दिया। युवराज उसे अनर्गल गालियां निकाल रहा था, "नीच, कमीने, हरामजादे...तेरी खाल उधेड़ दंगा। तुझे जिंदा जमीन में गाड़ दूंगा। तूने मेरी बग्घी क्यों रुकवाई ?"

लड़के ने हाथ जोड़कर कहा, 'आप मुझे मार डालिए, पर मेरी मां को बचा लीजिए। वह रास्ते में अचेत पड़ी है। यदि मैं आपकी बग्घी को नहीं रोकता तो वह कुचली जाती...'

"तू जानता है कि मैं कौन हूं?"

लड़का युवराज को गौर से देखने लगा। उसकी आंखें अश्रुओं से भर आईं। वह विगलित स्वर में बोला, "आप कोई बड़े आदमी है"।

'बड़ा आदमी नहीं, मैं युवराज हूं।"

लड़के ने उसके पांव पकड़कर कहा, "आप युवराज हैं, राजकुमार हैं ! कहानियों में राजकुमार बहुत दयालु और परोपकारी होते हैं। आप दया करके मेरी मां को बचा लीजिए। मेरा इस संसार में कोई नहीं है।"

युवराज किसन तुरन्त उस बुढ़िया के पास गया, जो सड़क पर अचेत पड़ी थी। उसके कपड़े जीर्ण-शीर्ण थे। उसकी पीठ पर कोड़ों के निशान थे।

युवराज किसन का हृदय कुछ पिघला। वह बोला, "इसे . किसने पीटा ?"

"गांव के ठाकुर ने।"

"क्यों?"

"क्योंकि ठाकुर की बेटी के विवाह की 'लाग' हम नहीं दे पाए।"

"ठीक है। मैं उसे देख लूंगा।" वह एक पल रुककर बोला, "तू यहीं पर रुक, मैं अभी आदमी भेज रहा हूं।"

थोड़ी देर में युवराज के आदमी आ गए। उसने उन्हें हुक्म दिया, "इस

बुढ़िया का अच्छी तरह से इलाज होना चाहिए।"

"जो हुक्म !"

"आओ मेरे साथ।" युवराज ने लड़के से कहा, 'सुनो, मैं गाड़ी बहुत तेज़ चलाता है। ये दोनों अरबी घोड़े हैं। हवा से भी तेज़ भागते हैं। देखो, डरोगे तो नहीं?"

"नहीं युवराजजी, मैं भी राजपूत का बेटा हूं। चौहान हूं। मेरा बाप भी तलवार की धार पर चलता था।"

"क्या नाम है तुम्हारा ?"

"किसन।"

इसपर युवराज ने आश्चर्य से लड़के की ओर देखा, फिर हंटर से घोड़ों को डराया। लगाम खींची। घोड़े दौड़ पड़े। युवराज घोड़ों की गति को बढ़ाता गया। तेज़, और तेज।

एकाएक लगाम टूट गई। घोड़े बेकाबू हो गए। युवराज और किसन की आकृतियां आतंक से घिर गई।

"अब क्या होगा?" युवराज ने भयभीत स्वर में पूछा, "बग्घी कहीं न कहीं उलट ही जाएगी।"

थोड़ी दूर पर एक पेड़ था। बहुत बड़ा पेड़। जामुन का पेड़। उसकी एक डाली सड़क पर से उस पार निकल गई थी।

किसन ने झट से युवराज से कहा, 'आप मेरी दोनों टांगों को मजबूती से पकड़ लीजिए। जल्दी कीजिए।"

युवराज ने कुछ नहीं सोचा। उसने किसन के पांव पकड़ लिए। किसन कोचवान की जगह खड़ा था। जैसे ही पेड़ की डाली नज़दीक. आई, वैसे ही किसन ने बन्दर की भांति लपककर डाली को पकड़ लिया। युवराज और किसन दोनों लटक गए।

बग्घी आगे चलकर एक चट्टान से टकरा गई और चकनाचूर हो गई। बुढ़िया को लाने वाले घुड़सवारों ने उन दोनों को लटकने हुए देखा तो चकरा गए। तुरन्त ही युवराज और किसन को उतारा गया।

घुड़सवार ने सिर झुकाकर पूछा, “यह क्या हुआ ?”

‘तमाशा।” युवराज ने कहा, “हम इस जामुन के पेड़ के नीचे बैठे हैं, हमारे लिए दूसरी सवारी का तुरन्त बंदोबस्त किया जाए।”

वे दोनों एक चट्टान पर बैठ गए।

युवराज ने कृतज्ञतापूर्वक कहा, “किसन ! आज तूने हमारे प्राण बचा लिए। हम तेरा यह अहसान कभी नहीं भूलेंगे।”

“आप किसी तरह मेरी मां के प्राण बचा लीजिए।” किसन ने हाथ जोड़कर कहा, “यही आपका अहसान होगा।”

“हाथ मत जोड़ो। तुम आज से हमारे पक्के ‘भायले’ (मित्र) हो।”

“आपकी कृपा।”

“कृपा क्या होती ! सूनो, आज से मैं तुम्हें अपने पास रखूंगा। मैं राजपूत हूं, तुम्हें वचन देता हूं कि तुमसे कभी भी नहीं बदलूगा। जहां मैं, वहां तुम।”

उसी समय एक रथ आ गया। उसमें युवराज और किसन सवार हो गए।

किले में दोनों

किला, प्राचीन अनुपम किला !

उसका मोतीमहल। महाराज मखमली जाजम पर बैठे थे। दो दासियां मोर-पंखों से हवा कर रही थीं। एक अन्य दासी छत से लटकता हुआ पंखा चला रही थी। उसकी झालरों पर इत्र छिड़का हुआ था, जिसकी सुगंध हर हवा के झोंके के साथ आ रही थी। उनके पास ही चिन्तित-व्यग्र रानी गुलाबकुंवर बैठी थी। उसके चेहरे पर प्रशांत मौन छाया हुआ था।

तभी युवराज और किसन ने प्रवेश किया। दोनों ने नतमस्तक होकर कहा, “घणी-घणी खम्मा अन्नदाता नै !”

महाराजा संग्राम ने प्रश्नभरी नजर से देखा। तभी एक दासी हुक्का ले आई। चांदी का नक्काशीदार हुक्का था। सलमे-सितारों से जड़ी उसकी नली और पीने का सिरा सोने का।

हुक्के का कश लेकर महाराजा ने पूछा, "तो क्या यही वह छोकरा है ?"

किसन ने महाराजा की नज़र एक सोने की गिन्नी की। फिर चरणस्पर्श किए।

युवराज ने गर्व से कहा, "हां महाराज, यही वह वीर छोरा है। यदि यह आज नहीं होता तो मेरे प्राण नहीं बचते।"

रानी ने अपना मौन तोड़ा, "चामुण्डा देवी मां, सबकी रक्षा करें। इतनी भयानक दुर्घटना मैंने पहले कभी नहीं देखी थी। बग्धी टुकड़े-टुकड़े हो गई है। घोड़े घायल हो गए हैं। सच महाराज, आज दनगे (सुबह) से ही मेरी डावोड़ी (दाई) आंख फड़क रही थी। मैं तो चामुण्डा मां के सोने का छत्र चढ़ाऊंगी।"

महाराजा संग्राम ने किसन को अपनी गोद में लेकर कहा, "तुमने हमारे वंश को खत्म होने से बचाया है। हम तुमपर बड़े मेहरबान हैं। बोलो, क्या लोगे?".

किसन ने कांपते हुए कहा, "कुछ नहीं माई-बाप, मेरी मां..।"

"अरे उसकी चिंता छोड़ो। पहले तुम मांगो। जो मांगोगे, वह दूंगा, राजपूत का वचन है।"

किसन गरीब और साधारण राजपूत था। राजा की इस उदारता का वह लाभ नहीं उठा सका। चुपचाप खड़ा रहा। टुकुरटुकुर देखता रहा।

युवराज ने उस बोझिल मौन को भंग किया, "महाराज, इसे मैंने अपने साथ रहने का वचन दिया है। यह मेरा आज से 'धर्मभाई' है।"

महाराजा संग्राम हो-हो करके हंस पड़ा। उसकी हंसी का अजीब प्रभाव पड़ता था। महाराजा ने किसन को अलग करके हुक्म दिया, "दीवांनजी को कहा जाए कि वह इस छोकरे और इसकी मां का सारा बंदोबस्त कर दें। इसकी लिखाई-पढ़ाई का सारा ज़िम्मा हनुमान सहाय को दिया जाए।"

युवराज खुश हो गया।

विवाह की बात

वर्ष पर वर्ष बीत गए।

युवराज और किसन रात को सोने के अलावा बहत ही कम अलग रहते थे। वे दोनों साथ-साथ घूमने जाते थे, साथ-साथ पढ़ते थे और साथ-साथ अफीम खाते थे। वह भी चोरी-छिपे।

एक सांझ की बात है।

वे दोनों नगर के बाहर स्थित गुलाबबाड़ी में फव्वारों के समीप बैठे-बैठे बातचीत कर रहे थे। फ्रांस, पीपल, नीम, आम और अन्य पेड़ शांत-निश्चल खड़े थे। हवा बंद-बंद-सी थी। माली दूब की कटाई कर रहे थे।

एकाएक उनकी नज़र एक युवा मालिन पर पड़ी। वह किसी माली की बेटी थी। संगमरमरी रंग और तराशी हई मूर्ति जैसा बदन। साधारण घाघरा और ओढ़ना। मैली-मैली-सी कांचली।

कहते हैं, गोरे के पास काला बैठे, रंग न बदले पर अक्ल अवश्य ही बदल जाती है.। वही स्थिति किसन की थी। राजाओंसामन्तों के जीवन का वैभव-विलास और आदतें किसन में भी आ गई थीं।

"क्या ज़ोरदार छोरी है !"

"जोबन तो अंग-अंग में ज़ोर मार रहा है।" किसन ने होंठों पर जीभ फिराकर कहा, "उसे अपने पास बुलाओ।"

युवराज ने किसन को रोक दिया, "किसी काम के लिए जल्दबाज़ी अच्छी नहीं होती। यदि महाराजा को यह मालूम हो गया, अभी से हम लोग यह चाल चलने लगे हैं, तो लेने के देने पड़ जाएंगे।"

किसन ने भी कान पकड़ लिए।

उसी पल एक दासी ने आकर कहा, "राणीजी आपको याद फरमा रही हैं।"

वे दोनों महल की ओर चल पड़े।

राजमहल के पास ही किसन का डेरा था। वह अपनी मां के साथ रहता

था। उसकी मां भी जनानी ड्योढ़ी में आने-जाने लगी थी। वह गुलाबकुंवर की खास सहेली हो गई। उसका नाम 'हरखी' था। बड़ी ही मेहनती और सीधी-सादी स्त्री थी। राजमहलों के षड्यंत्र और कुटिलताओं से वह ज़रा भी परिचित नहीं थी। गुलाबकंवर की हाजिरी में रहती थी और रात को अपने डेरे पर आकर सो जाती थी।

एक दिन की बात है।

हरखी गुलाबकुंवर के पास गई। गुलाब-कंवर मखमली जाजम पर सोई हुई, डावड़ियों से पांव दबवा रही थी। वह बहुत ही दुबली-पतली, सुन्दर और आकर्षक थी।

हरखी 'खम्मा राणीजी नै' कहकर बैठ गई। गुलाब कुंवर ने पूछा, "क्या बात है हरखी बाई सा, किस सोच में पड़ी हैं आप?"

"मां-बाप को सोच तो अपनी सन्तान का ही होता है। आप तो जानते हैं कि युवराजजी व किसन दोनों बड़े हो गए हैं। जवानी दीवानी होती है। आदमी के पांव अपने-आप ही उलटे-सुलटे पड़ने लगते हैं।"

"मतलब?"

"मतलब साफ है. राणीजी ! जब बच्चे की नज़र किसी स्त्री के पांवों की जगह मुख पर पड़ने लगे तो समझ लेना चाहिए कि बच्चा मोट्यार (जवान) हो गया है।"

गुलाबकंवर हठात् बैठ गई। उसके पांवों में सोने की पायल थी। वह धीमे से बज उठी। प्रसन्नता में बोली, "आपके मुंह में घी-शक्कर, हरखी बाई सा! आप ठीक ही कहती हैं। मैं आज ही महाराज से बातचीत करूंगी कि वे यूवराज के लिए कोई अच्छा खानदानी सम्बन्ध खोजें।"

हरखी ने ज़रा सकुचाते हुए कहा, "केवल युवराज के लिए नहीं, किसन के लिए भी।",

"हां-हां, वे तो एक प्राण दो शरीर हैं। दोनों का विवाह साथसाथ ही होगा।"

रानी गुलाबकुंवर उठकर महाराजा के शीशमहल की ओर चल पड़ी।

विवाह और सुहागरातें

युवराज का विवाह फागुन बदी तीज का होना निश्चित हआ और किसन का विवाह वसंत पंचमी का।

चंकि किसन की सगाई महाराजा संग्रामसिंह ने की थी, इसलिए सामने वाले लोग रियासत बीकानेर के एक उच्च ठिकाणेदार थे। दहेज की लम्बी बातचीत हुई थी। क्योंकि महाराजा संग्राम ने ठिकाणेदार भुवनसिंह को कह दिया था, "इस विवाह में हमारे युवराज स्वयं आएंगे, सारे विवाह का प्रबन्ध और खर्च हमारी ओर से होगा, इसलिए हमारी प्रतिष्ठा का पूरा-पूरा ध्यान रखा जाए।"

पहले शादी किसन की थी।

ऊंटों, रथों और पालकियों का एक पूरा काफिला रवाना हुआ। उसके साथ सेना थी। स्वयं युवराज बारात में शामिल था, इसलिए पैसा पानी की तरह बह रहा था।

ठिकाणा युगलगढ़ में तीन दिन तक बारात ठहरी। तवायफों का नृत्य, दारू के दौर और कसूम्बे का सेवन निरन्तर चलता रहा।

किसन ने रेशमी शेरवानी, ब्रिजिस और साफा पहन रखा था। साफे पर हीरे-मोतियों की जड़ी कलंगी थी, जिसके बीचोबीच एक हरी मणि चमक रही थी। मोबड़ी, वह भी जोधपुर की बनी, कनार और मोतियों से जड़ी (मोचड़ी नामक जती) पहन रखी थी। कमर में तलवार, जिसकी मूठ भेड़िये की गर्दन की थी। मूठ चांदी की बनी थी।

विवाह-मंडप में फल, वन्दनवार और लाल-पीली-हरी झंडियां लगाई हई थीं। बड़ी-बड़ी गैस-लालटेनों का प्रबन्ध किया गया था, जिससे चारों ओर तेज़ प्रकाश फैला हुआ था। किसी चीज़ के लिए बुलावा आता था तो 'मिरासी' गाते-बजाते आते थे।

शहनाईवादक दर्दीले स्वर में 'मूमल' लोकगीत की धुन बजा रहा था। घर की औरतें रंग-बिरंगे घाघरे, ओढ़ने और गहने पहने हए एक 'चांदनी'

के नीचे बधावा-गीत गा रही थीं।

गोधूलि मुहूर्त था।

दस बजे तक विवाह हो गया। दूसरे दिन बारात वापस कल्पनापुर लौट आई। हरखी के पांव खुशी के मारे ज़मीन पर नहीं पड़ रहे थे। उसके डेरे के आगे ढोलनियां झूम-झूमकर 'धमाल' गा रही थीं। फागुन की मस्तीभरी धमाल ! अड़ोसी-पड़ोसी और सगे-सम्बन्धी, ठाकुर और उमराव, साहूकार और ताबेदार सबकेसब बधाई देने आ रहे थे।

सारा दिन हलचल में बीत गया। हरखी थकान के मारे टूटने लगी। सभी दुल्हन की भूरि-भूरि प्रशंसा कर रहे थे। कह रहे थे, बह क्या है, साक्षात् गवरजा (गणगौर) है। तीखा नाक-नक्शा और सुगठित तन। बड़ी-बड़ी, काली-काली आंखें। फांक जैसे अधर।

सांझ जब रात में घुल गई तब हलचल भी जैसे थककर ऊंघ गई।

किसन युवराज के पास से गप्पेमारता हुआ आया था। उसकी जेब में हीरों का हार था। युवराज ने समझाया था, 'यह टीके (सुहाग) की रात कहलाती है। सबसे रंगीन और अद्भुत रात। यह रात जीवन में पूरुष के तो कई बार आ सकती है, पर स्त्री के एक बार ही आती है। यह हार इस रात का उपहार है। तुम्हारी बीनणी (बहू) राजी हो जाएगी।'

किसन अपने डेरे में घुसा।

पं० शिवनाथ ड्योढ़ी में खड़े थे। किसन ने उन्हें नमस्कार किया। शिवनाथ की पोशाक रियासत की पोशाक थी। पगड़ी, अचकन, धोती और दूपट्टा। वे दाढी-मंछे भी रखते थे। बिलकुल राजवी व्यक्तित्व था उनका।

शिवनाथ ने उसे आशीर्वाद दिया। बताया, "आपकी बहू पढ़ी-लिखी है। अंग्रेज़ी तहज़ीब भी जानती है। मुझे बहुत ही प्रसन्नता है।"

किसन ने बात को समाप्त करते हुए कहा, "यह सब भाग्य की बात है।" फिर वह ज़रा चौंककर बोला, "अरे, आपने कुछ खाया-पीया कि नहीं?"

"ठकुराणी ने ज़रूरत से ज्यादा खिला दिया है। वह तो अन्नपूर्ण है। आपकी मां जैसी सीधी-सादी और सच्ची लुगाई मैंने दूसरी नहीं देखी।"

शिवनाथ चले गए।

हरखी ने किसन को 'मैड़ी' में जाने के लिए कहा। एक डावड़ी दूध का गिलास लेकर ऊपर की ओर जा रही थी।

किसन आहिस्ता-आहिस्ता सीढ़ियां चढ़ रहा था।

दूसरे दिन युवराज ने गुलाबबाड़ी में किसन से पूछा, "हां भायला, कल रात क्या-क्या मज़े किए ?"

किसन ने सप्रश्न युवराज की ओर देखा। मुसकराया। बोला, "युवराजजी, ये सब बातें बताने की होती हैं ?"

युवराज गहरी आत्मीयता से बोला, "यार, बताओ न?"

"हमें शर्म आती है।"

युवराज ने उसका हाथ पकड़कर कहा, "किसन, तुम मेरे पक्के मित्र हो न? मैंने और तुमने यह प्रतिज्ञा की थी कि हम एक-दूसरे से कुछ भी नहीं छुपाएंगे। फिर...तुम्हें मेरी कसम !"

किसन ने छोटी-सी अफीम की डली ली। पानी से गटककर उसने कहा, "मैं धीमे-धीमे मैड़ी के आगे गया। सबसे ऊपरी भाग पर मैड़ी थी। निर्मेघ आकाश में तारे दपदप चमक रहे थे। मैं दरवाजे के आगे खड़ा रहा। अजीब मनःस्थिति थी मेरी। हृदय की धड़कन बढ़ गई। तभी एक डावड़ी बाहर निकली। उसने झुककर कहा, 'पधारिए ठाकुर सा।'

मैं मैडी के भीतर घुसा। दोनों ओर दो कांच की चिमनियां जल रही थीं। उनका प्रकाश सारी मैड़ी में फैला हुआ था। पलंग पर सफेद चादर बिछी थी। गुलाब के इत्र की सुगन्ध आ रही थी। वह यानी आपकी भौजाई सा कपड़ों में लिपटी बैठी थी। मैं भी विमूढ़-सा खड़ा रहा। क्या कहकर सम्बोधन करूं, यही सोचता रहा।

" गहरा मौन छाया हुआ था।

" मैंने मन के उत्तेजित संघर्ष को दबाकर कहा, 'मैं...मैं तुम्हें 'जय माताजी' की कहता हूं।'...वह नहीं बोली। मेरे बदन में कुछ उबलने लगा। उसके गोरे-गोरे हाथों से मैं उसके रंगरूप का अनुमान लगा रहा था। मैंने

उसे घूंघट हटाने के लिए कहा। उसने अपने को कुछ ढीला छोड़ दिया। मैं उसका संकेत समझ गया। आगे बढ़कर एक झटके के साथ मैंने उसका घूंघट हटा दिया। मुझे लगा कि सौन्दर्य का कलश फूट पड़ा है। खानदानी घराने की लड़की लगी। सारी आकृति अनुपम। और गाल इतने सुन्दर और लाल मानो खून के दबाव से फट पड़ेंगे। आंखों में लाज के डोरे...मैंजैसे ही उसकी ओर झुका, उसने अपनी आंखें बंद कर लीं। मैं उसके पास बैठ गया। हम दोनों बातें करते रहे। उसके स्पर्श, चम्बन और आलिंगन के मारे मैं बहुत उत्तेजित हो गया और मैंने उसे लिटाना चाहा। वह उठी और उसने मैड़ी में अंधेरा कर दिया।"

किसन एक पल के लिए सुखद पलों में खो गया। फिर वह दीर्घ निःश्वास लेकर बोला, "भायला ! औरत से अधिक आनन्ददायक चीज़ इस पृथ्वी पर कोई नहीं है।"

युवराज गंभीर हो गया। उसने झट से प्रश्न किया, "तुमने सुबह बिस्तर देखा था ?"

"हां, उसीपर तो सोया हुआ था।"

"उसपर कोई दाग...'

"मतलब?"

"जब पहली बार औरत......लाल दाग होना ही चाहिए, वर्ना.."

किसन सहसा उदास हो गया। मन विषण्ण हो गया। एक मलीनता का दायरा उसके मुख के चारों ओर फैल गया। सन्देह की धूम्र रेखा उसको घटाने लगी। वह विचलित हो गया, 'तो क्या उसकी पत्नी उससे पहले किसी और के...?'

इसके बाद वह उदास-उदास और टूटा-टूटा-सा अपनी पत्नी दीपकुंवर के पास आया। वह दूसरी स्त्रियों से घिरी हुई थी। रात को ही उसे बातचीत का अवसर मिला। वह व्यर्थ ही इधर-उधर की बातें करता रहा। दीपकुंवर को वह उसका अलाप-सा लगा। अन्त में उसने पूछ ही तो लिया, "ठाकुर सा, आप कुछ परेशान नज़र आ रहे हैं ?"

"नहीं तो!"

"आप झूठ बोल रहे है। बताइए न, आपको मेरी कसम !"

उसने एक पल दीप को निहारा। उसकी आंखों में निर्दोषता और पवित्रता झलक रही थी। पलभर के लिए उसे अपने-आपपर ग्लानि हुई। फिर वह डरते-डरते बोला, "यदि आप बुरा न मानें तो एक बात पूछू ? देखो, मेरी बात को गलत मत समझना।"

"मलत क्यों समझूगी!"

"वायदा करती हो?"

"प्रॉमिस।" हठात् उसने अपना हाथ किसन के हाथ पर रख दिया।

किसन ने सारा वृत्तांत सुनाकर लाल दाग के बारे में बताया। उसने यह भी आशंका प्रकट की कि इससे स्त्री के कौमार्य के बारे में ठोस प्रमाण मिलता है।

दीप यह सुनते ही खिलखिलाकर हंस पड़ी। वह हंसते-हंसते दोहरी हो गई।

किसन अबोध बालक-सा उसकी ओर देखने लगा। पूछ बैठा, "आप खिलखिलाकर हंस क्यों रही हो?"

"आपकी मूर्खता पर !" दीप ने स्पष्ट शब्दों में कहा, "ठाकुर सा, आप मेरे पति हैं, परमेश्वर हैं। सुना है कि आपने पंडित शिवनाथजी व हनुमान सहायजी से कई भाषाएं सीखी हैं, ज्ञान अर्जित किया है। फिर आप इतना भी नहीं जानते कि कौमार्य का रक्त से कोई सम्बन्ध नहीं होता! इसका सम्बन्ध तो कच्ची उम्र से है!"

"मुझे नहीं मालूम था !"

"मालूम होना चाहिए। सैक्स-सम्बन्धी पुस्तकें मंगवाकर पढ़िए। किसी डाक्टर से सलाह-मशवरा लीजिए, वर्ना ऐसा अज्ञान जीवन को जहर बना सकता है, गृहस्थ जीवन में कटुता और सन्देह के बीज बो सकता है।"

किसन आश्वस्त हो गया।

बात आई-गई हो गई।

युवराज का विवाह भी पालनगढ़ की राजकुमारी से हो गया। वह अपने साथ पच्चीस डावड़ियां और पच्चीस गोले (दास) दहेज में लाई। सांवला रंग था उसका। नाक-नक्श आकर्षक। मांसल देह। दीपकुंवर ने उससे मुजरा किया। भेंट में इक्कीस मोहरें दीं।

दीपकुंवर ने थोड़े ही पलों में उसे अपनी ओर आकर्षित कर 'लिया। युवराज की बहू का नाम भगवती था। सारा दिन बेहद हलचलों के मध्य बीता। एकांत पाते ही दीप ने क्षमायाचना करते हुए कहा, "छोटे मुंह बड़ी बात कर रही हूं युवराणी सा, पर कहना आवश्यक है।"

भगवती के तेवर बदल गए। भृकुटियां तन गई। घमण्ड . से बोली, "क्या बात है ?"

"एकांत चाहती हूं।"

युवराणी ने तुरन्त सबको जाने के लिए कहा। कक्ष में एकांत छा गया। युवराणी ने तनिक रुआब से पूछा, "क्या बात है?"

"आपके पति कौमार्य का सम्बन्ध प्रथम रात्रि में रक्त के दाग से जोड़ते हैं।

"अच्छा !"

"जी।"

"मैं उनकी मूर्खता का इलाज कर दूंगी।" सहसा भगवती बहुत ही सहज हो गई। आत्मीयता से बोली, "ये जितने राजेमहाराजे और ठाकुर होते हैं, अधिकांश इतने मूर्ख क्यों होते हैं ?"

दीपकुंवर पुनः बोली, "मैं आपसे एक बार फिर क्षमा मांगती हूं !"

"क्यूं ?" वह गंभीर हो गई, "तुमने तो मुझे सचेत किया। मैं तुम्हें कभी पुरस्कार दूंगी।"

दोनों घुल-घुलकर बातें करने लगीं। अच्छी-खासी सहेलियां हो गई।

और युवराज ने गुलाबबाड़ी में बताया, "मैंने कहा था न कि पहली बार में खून ? ...मेरा बिस्तर लाल हो गया था। वह 'अखन कुंवारी' है।"

किसन अपमानित-सा अपनी दीप के पास आया। दीप युवराणी भगवती के पास गई हुई थी। भगवती हंसकर कह रही थी, "कितने बेवकूफ होते हैं ये मर्द के बच्चे ! मैंने ललाट की बिन्दिया वाली शीशी अपने पास रख ली और उन्हें बेवकूफ बना दिया।"

"काफी खुश हो गए होंगे ?"

"अरे, बहुत अधिक।"

डावड़ी ने आकर उन दोनों की बातों में व्यवधान डाला। निवेदन किया, "ठकुराणी सा को डेरे पर याद फरमाया है।"

दीप अपने डेरे पर पहुंची।

किसन मैड़ी में था। वह क्रोध में जल रहा था, ऐसा उसकी अस्थिर मुद्रा से लग रहा था।

"क्या बात है ठाकुर सा?"

"मुझे आपने बेवकफ क्यों बनाया?"

वह आश्चर्य से बोली, "मैंने आपको बेवकूफ बनाया, यह आप कैसे कह सकते हैं ?"

'युवराज की बहू की उम्र आपसे कम तो नहीं है, फिर उनके बिस्तर पर दाग..."

वह खिलखिलाकर हंस पड़ी। निरन्तर हंसती रही। उसकी ओर संकेत कर-करके हंसती रही।

किसन क्रोध से उत्तेजित होकर बोला, "क्यों मूर्ख की तरह हंसती हैं ?"

दीपकुंवर एकदम चुप हो गई। वह कांप उठी। आतंक से घिर गई।

"मेरी बात का जवाब दो !" किसन ने आदेश-सा दिया।

दीपकंवर किसन की ओर अपलक देखती रही। देखते-देखते उसकी आंखें भर आईं। विगलित स्वर में बोली, "ठाकुर सा, शक बहुत बुरी बला होती है। टीके की रात मनाने के पहले मैंने यूवराज की मानसिक स्थिति और सोच के स्तर के बारे में युवराणी जी को बता दिया था। उसने बड़ी चतुराई से बिन्दी लगाने की शीशी के रंग का प्रयोग किया।"

किसन हतप्रभ-सा दीपकुंवर को देखता रहा। दीपकुंवर की व्यथा और गहरी हो गई। वह रुंधे स्वर में बोली, "मैं जानती थी कि यदि युवराणीजी ऐसा नहीं करेंगी तो उनके दाम्पत्य जीवन में विष घुल जाएगा।"

किसन का सिर अपराधी की तरह झुक गया। गर्दन झुकाकर बोला, "मैं आपसे माफी चाहता हूं। दरअसल हम मर्द के बच्चे बेहद शक्की होते हैं, मूर्खानंद होते हैं।"

किसन ने आगे बढ़कर दीपकुंवर को बांहों में भर लिया। धीरे-धीरे उनके जिस्म उबलने लगे।

महाराजा और राजा

उस रात शीशमहल में सोए-सोए महाराजा संग्रामसिंह की तबीयत बिगड़ गई। उसके हृदय में दर्द-सा उभरा। तुरन्त ही इसकी सूचना गुलाबकुंवर को दी गई। जिस युवा लड़की के साथ महाराजा आराम कर रहा था, वह भयभीत होकर अपनी कोठरी में छप गई।

हिजड़ा दौलत आशंकाओं से घिरा हुआ शीशमहल से निकलती हई डावड़ी सुरुप को देख रहा था। उसकी स्थिति कुछ संदिग्ध-सी लगी।

'महाराजा की तबीयत खराब है,' यह समाचार जंगल की आग की तरह सर्वत्र फैल गया। राजवैद्य आ गया था। युवराज और किसन आ गए थे। वे दोनों वैद्य से अनुरोध-आग्रह कर रहे थे कि वे महाराजा को तुरन्त स्वस्थ करें। सारी रानियां मक्खियों की भांति उनके चारों ओर भिनभिनाने लगी थीं।

रातभर के कठिन परिश्रम के परिश्चात् भी संग्रामसिंह के प्राण संकटों से मुक्त नहीं हुए। उसकी अन्तिम घड़ी नज़दीक आ गई। वैद्य ने कहा, "धर्म-पुण्य किया जाए।"।

पटरानी ने झट से कहा, "एक हजार मन गुड़ गायों को दिया जाए, कबूतरों को ग्यारह मन दाना चुगाया जाए, गरीबों को अन्न-वस्त्र बांटा जाए।"

पंडित शिवनाथ गीता सुनाने लगे। महाराजा को फिर होश नहीं आया।

सुबह होते-होते राजमहल के सम्मुख अपार भीड़ एकत्रित हो गई। आसपास के ठिकाणेदार और जी-हरिए इकट्ठे हो गए।

वैद्य ने महाराजा की नाड़ी देखी। नाड़ी अशक्त हो रही थी। वैद्य ने तुरन्त ही 'अम्बर' की एक मात्रा दी। मात्रा की खुराक अधिक थी।

महाराजा ने ज़रा-सी आंख खोली। उसकी स्याह होती आकृति में दीप्ति रेख कौंधी। बंद होंठ बुदबुदाए।

वैद्य ने तुरन्त कहा, "महाराज कुछ कहना चाहते हैं।"

युवराज ने तुरन्त ही अपने कानों को महाराजा के मुंह के सिन्नकट किया। महाराजा ने बड़ी कठिनता से कहा, "सू...रु...प....!"

और महाराजा ने प्राण त्याग दिए। युवराज के नेत्रों में. चिनगारियां जल गई। मन में घृणा की लहरें मचलने लगीं। अपने-आप बोला, "सु... 'रु...प... ।" उसके तुरन्त बाद ही उसने अपने को संयत किया।

महाराजा की मृत्यु की घोषणा कर दी गई। उसके शव को आरंभिक क्रियाकर्म' के पश्चात् दर्शनार्थ रख दिया गया।

शहर सोग में डुब गया। प्रजा के जाने-माने लोग 'पोतिया' और काली पगड़ियां बांध-बांधकर राजमहल की ओर आने लगे।

पालकी सजाई जाने लगी।

बड़ी धूमधाम के साथ महाराजा की उधर शव-यात्रा हुई और इधर युवराज किसन, महाराजाधिराज राजराजेश्वर किसनसिंह के नाम से सिंहासन पर बैठ गया।

मातम और खुशी साथ-साथ मनाई जाने लगीं।

नगर में हजारों लोगों ने स्वर्गीय महाराज के पीछे अपने बाल कटवा लिए। हजारों स्त्रियों ने 'काला' ओढ़ लिया। ये काले ओढणे राज्य की ओर से बांटे गए थे, जिसकी वसूली भी प्रजा पर 'लाग' लगाकर की गई थी। तेरहवें दिन 'तीन धड़ा' की गई। इसे मृत्यु भोज कहते हैं। इसमें नगर और

गांव के लगभग लाख आदमी भोजन कर गए। हलुआ, दाल और चावल। फिर एक रुपया नकद दक्षिणा।

इन सभी गतिविधियों के मध्य महाराजा किसन स्वर्गीय महाराजा का अंतिम शब्द नहीं भूले—'सुरुप !' यह शब्द उसे सांप के दंशन-सी पीड़ा देता रहता था। उसका मन प्रतिशोध की आग से भर जाता था। संदेहों से घिर जाता था।

विधिवत् ताजपोशी के समय महाराजा किसन ने कई नई घोषणाएं की:

(१) इस वर्ष एक-चौथाई लगान माफ किया जाता है।

(२) ठाकुर दौलतसिंह तथा सेठ टीकमचंद को सोने का कड़ा बख्शा जाता है और इनकी औरतें भी पांवों में सोने के गहने पहन सकती हैं।

(३) नगर में दस पाठशालाएं और खोली जाएंगी तथा एक कालेज बनाया जाएगा।

(४) दीवान के पद पर मेहता दीवानचंद के स्थान पर चौधरी नाथूराम को नियुक्त किया जाता है।

(५) ठाकुर किसनसिंह को 'राजा' की पदवी दी जाती है। आज से ठाकुर किसनसिंह हमारे राज्य में 'राजा' कहलाएंगे, चाहे अंग्रेज़ हुकूमत इसे माने या न माने। उनकी परवरिश के लिए इन्द्रगढ़, मोकलपुर और दयागढ़ की जागीरदारी दी जाती है।

(६) पंडित शिवनाथ को एक लाख का सिरोपाव दिया जाता है।

(७) मेहता मौजीराम को खजांची बनाया जाता है और पुराने खजांची को 'महकमा खास' का इंचार्ज बनाया जाता है।

इसके अतिरिक्त महाराजा किसन ने राजा किसन को डेरे की भूमि पर नया महल बनाने का हुक्म दे दिया। उस महल के निर्माण का सारा व्यय राज्य के खजाने से दिए जाने का भी हुक्म दे दिया गया।

इन सभी घोषणाओं का प्रजा व बड़े-बड़े जागीरदारों तथा सामन्तों ने स्वागत किया।

इस तरह कल्पनापुर में एक हो गया महाराजा किसन और दूसरा राजा किसन !

समय सरकने लगा।

जब नई व्यवस्था सुदृढ़ रूप से स्थापित हो गई, तब महाराजा किसन ने अपना असली रूप बताना शुरू किया। उसने राजा किसन और चौधरी नाथूराम को कुछ गुप्त आदेश दिए ताकि वे रियासत को और समृद्ध बनाने में सफल हों।

सुरुप और षड्यन्त्र

महाराजा संग्राम की अचानक मृत्यु ने महाराजा किसन के सम्मुख एक ज्वलंत प्रश्नचिह्न उपस्थित कर दिया था। वह समझ गया था कि महाराजा स्वाभाविक मौत नहीं मरे हैं, बल्कि उनकी हत्या किसी विष द्वारा की गई है, जिसको राजवैद्य ने भी छुपा लिया है।

महाराजा किसन ने सुरुप को अपने एकान्त कक्ष संग्राम कक्ष' में बुलाया। महाराजा किसन शराब पी रहा था और भुना हुआ मांस खा रहा था।

सुरुप कांपती-कांपती संग्राम कक्ष में घुसी। सिर झुकाकर जुहार की।

"आओ सुरुप, आओ।"

सुरुप के प्राण सूख गए। जिस भंगिमा से महाराजा ने उसकी ओर देखा था, उसमें हिंस्रता थी। एक दहशत थी।

"मुझे आपने याद फरमाया है ?"

"अरे ! तुझे मैं भला कैसे भुला सकता हूं ! तू तो मेरे बाप की खास बगलगीर रही है। मैं चाहता हूं कि मेरे बाप की बगलगीर को कोई दूसरा बगलगीर न बनाए, यह सोचकर तेरे लिए एक अलग कोठी का प्रबन्ध कर रहा हूं।"

इसी पल राजा किसन ने प्रवेश किया। महाराजा को प्रणाम करके वह सुरुप को भूखे बाज़ की तरह घूरने लगा। खलनायक के अन्दाज़ में बोला, "क्यों भाई, यही है बह सुरुप जिसने स्वर्गीय महाराजा को जहर दिया था ? मैं आज इसके दोनों हाथ काट डालूंगा।"

"नहीं किसन, नहीं।" अत्यन्त ही कोमल स्वर में महाराजा बोला, "इतनी रूपवती कन्या को कुरूप करना ठीक नहीं है। हम इसे माफ कर देंगे, पर एक शर्त पर।"

"शर्त पर?" राजा बोला, "मैं शर्त-वर्त कुछ नहीं समझता। मैं इस हरामज़ादी को...।" राजा किसन ने उसके पीछे से बाल पकड़ लिए।

सुरुप के मुंह से हलकी-सी चीख निकल गई। राजा की आकृति क्रूरता के रंग से पुत गई। वह फिर बोला, "तूने महाराजा को विष क्यों दिया था, बता चुडैल !"

महाराजा ने राजा किसन को मना कर दिया। उसने आज्ञाभरे स्वर में कहा, "इसे छोड़ दो।"

राजा ने उसे छोड़ दिया। महाराजा ने उसे खींचकर अपने पास किया। कहा, "सच-सच बता दे कि तुझे किसने महाराजा को जहर देने के लिए कहा था ? सांच को आंच नहीं। जो सही कहेगा, वह सुख पाएगा।"

सुरुप ने आंखों में आंसू भरकर कहा, "मुझे कुछ भी मालूम नहीं। सच, मैं निर्दोष हूं।"

राजा किसन ने ताली बजाई। एक डावड़ी सिर झुकाकर खड़ी हो गई। राजा ने कहा, "जाओ, ज़ालिमसिंह को कहो कि वह दो सलाखें और लाल मिर्चें ले आए।"

ज़ालिमसिंह बहुत ही क्रूर और नशंस आदमी था। उसका कद लम्बा, रंग गोरा और मूंछे बड़ी-बड़ी थीं। वह दुबला-पतला था; पर उसके पूर्वज पीढ़ी दर पीढ़ी जल्लादों का काम करते आ रहे थे। वह अत्यन्त ही आज्ञाकारी था। अपने राजा के प्रति उसकी स्वामिभक्ति बेमिसाल थी।

उसका नाम सुनते ही सुरुप भयभीत हो गई। वह उन दो चीजों के उपयोग को समझ गई। चीखती हुई बोली, "नहीं, नहीं, जालिमसिंह को मत बुलाइए।"

राजा कठोर स्वर में बोला, "फिर सच-सच सब उगल दो ! तेरे साथ उदारता बरती जाएगी। शायद तुझे माफ कर दिया जाए।"

सुरुप ने इधर-उधर ताका।

राजा ने पुनः कहा, "यहां कोई नहीं है। फिर तुझे ज़रा भी नहीं घबराना चाहिए। जब तुझे महाराजा स्वयं पनाह दे रहे हैं, तब किसकी मजाल है जो तेरा बाल बांका कर सके।"

सुरुप महाराजा के चरणों में पड़कर कुछ देर तक करुणक्रन्दन करती रही। महाराजा ने उसे आश्वासन दिया, "तुझे कोई दंड नहीं मिलेगा। तुझे बिलकुल माफ कर दिया जाएगा।"

सुरुप ने बताया, "मैं रानी जसवंतकुंवर की डावड़ी की बेटी हैं। मुझे रानी जसवंत, रानी राधा, रानी गीता ने मिलकर महाराजा के पास पहुंचाया। उन तीनों ने मुझे आश्वासन दिया कि वे मुझे इस महल से जाने की आज्ञा दे देंगी; क्योंकि मैं एक दास तेज से प्रेम करती हूं। मैं उन तीनों के बहकावे में आ गई। सोचा—महाराजा को बेमन शरीर देने के बाद भी मुझे यदि इस नारकीय जीवन से मुक्ति मिल जाएगी तो भी अच्छा रहेगा। मैं और तेजू किसी दूसरी रियासत में जाकर एक नया जीवन शुरू कर देंगे।—मुझे रानी जसवंतजी ने कहा, 'तुम महाराजा को अपने वश में कर लो।'

" मैंने वैसा ही किया। मेरे रंग-रूप पर महाराजा मोहित हो गए। महाराजा में एक अजीब-सी कामुकता थी। अफीम का नशा अधिक करने के कारण वे बहुत कम नहाते थे और उनके शरीर से बदबू-सी आती रहती थी। उस बदबू को कम करने के लिए वे अपने शरीर पर इत्र छिड़कते रहते थे। भगवान मुझे क्षमा करें, उनका जिस्म...छिः, घिन-सी आती है मुझे अभी भी। और वे अपने बड़े पेट के कारण स्त्री-सुख भी अधिक नहीं ले सकते थे। वे क्या करते थे, मुझे कहते हुए शर्म आती है। इतनी पीड़ादायक लाचारी गुलाम के सिवाय कौन भोग सकता है ! इस तरह मैंने स्वर्गीय महाराजा को सज़ा के रूप में सहा। उसके बदले मुझे बहुमूल्य गहने और माणिक-मोती मिले।..."

राजा किसन ने कड़ककर पूछा, "वे सारे गहने कहां हैं ?',

"मेरी कोठरी में।"

"कौन-सी जगह ?"

" कोठरी में भगवान शिव की एक तस्वीर है। उसके नीचे एक मटकी पड़ी है। उस मटकी के नीचे गड्ढ़ा खोदकर मैंने उन्हें छुपा रखा है। सोचा था—जब मैं और तेजू यह नगर छोड़कर जाएंगे, तब यह सारा धन हमारे सुखी जीवन के लिए काम आएगा।... लेकिन जो जन्म से ही निरभागे होते हैं, उन्हें सुख, संतोष और शांति कहां?

" जब स्वर्गीय महाराजा मुझपर पूर्ण विश्वास करने लगे और मुझे ऊंचा पद देने की बात करने लगे तब एक रात...

" लालर (काला ओढ़ना)-सा अंधेरा गढ़ के कंगूरों पर पसर गया था। चारों ओर प्रशांत मौन। गढ़ के चारों ओर पहरा लगाने वालों का तीव्र स्वर—'जागते रहो।'

" जसवंत के कमरे में दो रानियां बैठी-बैठी अपने षड्यंत्र को अंतिम रूप दे रही थीं। गीता ने धीमे से कहा, 'यह विष की पुड़िया है। इतना विचित्र ज़हर है कि जिसका असर ऐसे होगा मानो किसी की हृदय-गति रुक रही हो।'

" राधा ने ललाट में बल डालते हुए कहा, 'लेकिन वैद्यजी ने भंडाफोड़ कर दिया तो?'

" गीता मुसकराई। एक कुटिल मुसकान उसके सूखे हए होंठों पर धावित हो गई। वह बोली, 'वैद्यजी का मुंह दस हजार के हार द्वारा मैंने बंद कर दिया है। अब वह अपना मुंह खोल भी कैसे सकता है! वह खुद भी तो अपराधी बन गया है।'

" जसवंत खुश हो गई। उसका चेहरा, जिसपर झुर्रियों का स्पष्ट जाल था, खिल-सा गया। उसकी आंखों में एक चमक-सी आ गई। बोली, 'तुम दोनों बड़ी चतुर हो। यदि हम अपने इस काम में सफल हो गईं तो फिर युवराज..।'

" गीता ने कहा, 'सुरुप को बुलाया जाए। अधिक देर करना ठीक नहीं है।'

" तुरन्त स्वयं जसवंत शीशमहल की ओर गई। उसने काला लबादा पहन रखा था। रास्ते में उसे कोई नहीं मिला। यह संयोग की ही बात थी।

" शीशमहल के पास पहुंचकर जसवंत ने देखा—महाराजा और मैं आदिम स्थिति में हैं। ''महाराजा दैत्य की भांति पड़े थे।

उनकी देह वितृष्णा जगा रही थी।

" जसवंत ने सनकार की। संकेत पाकर मैं उठी। मैंने झट से ओढ़ने को अपने चारों ओर लपेटा। बाहर आकर सिर झुका दिया, 'हुक्म राणीजी! फरमावो?'

" 'मेरे साथ चलो।'

" 'कहां?'

" 'मेरे महल में।'

" 'अभी तो महाराजा होश में हैं।'

" 'कह दो कि मुझे पाखाने जाना है। ...जल्दी करो, खड़ी क्यों हो?'

" 'अच्छा।' कहकर मैं महाराजा के पास गई। मैंने उनके कान में कहा। फिर मैं रानी जसवंत के साथ उसके महल में आ गई।

" वहां रानी गीता और राधा को देखकर मेरा माथा ठनका। मैं गंभीर हो गई।

" जसवंत ने कठोर स्वर में कहा, 'यह जहर की पुड़िया है। इसे तुझे महाराजा को दूध में मिलाकर पिलाना है।'

मैं इस अप्रत्याशित प्रस्ताव से अवाक् रह गई। तेज़ निगाह से मैं तीनों को बारी-बारी से देखती रही।

" 'ऐसे आंखें फाड़-फाड़कर क्यों देख रही है? हमारा यह काम कर दो, फिर तुम्हें उम्र-भर के लिए मुक्ति !' जसवंत ने मुससे कहा।

" 'लेकिन मैं ऐसा नहीं करूंगी।'

" 'तू एकाएक क्यों बदल रही है? हमारे किए-कराए पर पानी फेरना चाहती है !'

" 'यह पाप है, गुनाह है।'

" गीता ने तौर बदलकर कहा, 'मालज़ादी, हमें पाप-पुण्य समझा रही है ! जा और हमारे हुक्म को पूरा कर।"

" 'मैं ऐसा नहीं करूंगी। मुझसे ऐसा नहीं होगा।"

" जसवंत ने कृत्रिम अपनेपन से कहा, 'सुरुप, समझदारी से काम

लो। बस, यह काम होते ही तुम अपने तेजू के साथ चली जाओगी। एक शानदार ज़िन्दगी जीओगी।'

' 'नहीं।'

" 'अरे, समझती क्यों नहीं? यह ऐसा ज़हर है जिसका असर नये ढंग से होगा। फिर वैद्यजी को भी हमने पटा लिया है। किसी–को कोई शक-शुबहा भी नहीं होगा।'

" मैंने हाथ जोड़कर रोते हुए कहा, 'यह सब मुझसे नहीं होगा। मुझे अपने तेजू के साथ नहीं जाना है...मुझे यहीं पर ही सड़-सड़कर मरने दीजिए।'

" राधा अपने नाम के विपरीत थी। अब वह उठी। उसने मेरा गला पकड़कर कहा, 'सुरुप, यह काम तुझे करना ही पड़ेगा। अपनी मर्ज़ी से या ज़बरदस्ती से। यदि तुम हमारा कहना नहीं मानोगी तो हम तुम्हें अभी पकड़वा देंगे। तुमपर इलज़ाम लगवाएंगे कि यह हत्यारिन महाराजा को विष देने जा रही थी।'

" मैं कांप गई। मेरे मुख पर अगाध करुणा उभर आई। मैं हाथ ज़ोड़कर बोली, 'मुझे जाल में मत फंसाइए।'

" पर तीनों ने मुझे बाध्य कर दिया—महाराजा को विष देने के लिए। मुझे चेतावनी दे दी गई कि यदि मैंने कपट करने की कोशिश की तो मुझे महाराजा को विष देने के अपराध में बंदी बनवा दिया जाएगा और उसका दंड होगा एक दर्दनाक मौत ! लाचार मुझ गरीब ने महाराजा को विष दे दिया।

" यह थी महाराजा संग्राम की मृत्यु की दुखद सचाई।"

सुरुप महाराजा और राजा के चरणों में सिर पटक-पटककर करुण विलाप करने लगी, "मैं निर्दोष हूं...मुझसे जबरदस्ती अपराध कराया गया है, मुझे छोड़ दीजिए...मुझे माफ कर दीजिए...अन्नदाता, मैं आपको अपना यह काला मुंह कभी नहीं दिखाऊंगी। दूर, बहुत दूर चली जाऊंगी।...मेरा सब कुछ ले लीजिए... महाराजा के दिए हुए माणिक-मोती और गहनें। सिर्फ तन के कपड़े ही रहने दीजिए।"

राजा किसन ने उसे गर्दन पकड़कर खड़ा किया। उसे गौर से देखा।

वासना के सांप उसके भीतर रेंगने लगे। उसे घूरता हुआ बोला, "नंगी हो जा।"

वह द्रवित नयनों से उसकी ओर देखने लगी। राजा किसन कड़ककर पुनः बोला, "रंडी, तूने सुना नहीं!"

मृत्यु के भय से संत्रस्त सुरुप ने अपने घाघरे का नाड़ा खींचना शुरू किया। तभी महाराजा किसन ने आंतरिक ग्लानि से अभिभूत होकर कहा, "नहीं, इसके कपड़े मत खुलवाओ।"

"क्यों ?" राजा ने विस्मय से पूछा।

"इसलिए कि यह हमारे स्वर्गीय महाराजा की चहेती रह चुकी है।"राजा ! कुछ तो गैरत और हिसाब हर आदमी को रखना ही चाहिए, वर्ना तो सब कुछ खत्म हो जाएगा।"

राजा रुक गया। सुरुप ने महाराजा के पांव पकड़कर कहा, "आप बहुत दयालु हैं, मुझे माफ कर दीजिए। मुझे जाने दीजिए।"

महाराजा ने राजा की ओर देखा। राजा के होंठों पर अर्थभरी मुसकान तैर गई। उसने महाराजा को कनखी मारी। महाराजा ने कहा, "सुरुप, हालांकि तुमने गंभीर अपराध किया है, पर हम तुझे माफ करते हैं। तू अपने तेजू के साथ जा सकती है। लेकिन एक बात का ध्यान रहे कि आगे से भूलकर भी इस रियासत की धरती पर कदम मत रखना। यदि रखेगी तो हम तेरे दोनों पांव काट डालेंगे।"

राजा ने कहा, "तुझे हम देशनिकाले का दंड दे रहे हैं। आज रात तुम दोनों के जाने की व्यवस्था हो जाएगी।"

सुरुप खुशी के मारे सुबक-सुबककर रोने लगी। उसने एक बार फिर महाराजा और राजा के पांव छुए और आहिस्ता-आहिस्ता बाहर निकल गई। उसके ओझल होते ही दोनों एकसाथ बोले, "हत्यारी रानियां।"

हत्यारी रानियां

शीशमहल। चीनी झाड़-फानस में मोमबत्तियां जल रही थीं। ईरानी कालीन पर वैसा ही डिज़ाइन बना था। महाराजा बनने के पश्चात् अफीम के साथ-

साथ शराब भी चलने लगी थी। भगवती स्वयं शराब का सेवन करती थी। वह चाहती थी कि महाराजा

अफीम की जगह शराब का ही अधिक सेवन करें।

ऋतू बदल गई थी। पहाड़ियों को स्पर्श करके आने वाला समीर भीगा-भीगा लगता था। यदि दक्षिण की खिड़कियां खोल दी जाती थीं तो सारी मोमबत्तियां कांपने लगती थीं।

शीशमहल में इतना गहरा मौन था कि हर चीज़ चुप-चुप लगती थी।

भगवती ने ही लम्बे मौन को भंग किया, "महाराजा, आप आज बहुत उदास हैं।"

"हां राणीजी !"

"लेकिन क्यों ?"

"क्योंकि एक रियासत की हज़ार समस्याएं होती हैं।" अपनी बोझिल पलकों को उसपर जमाकर उसने कहा, "यह सिंहासन है न, इसपर हर महत्त्वाकांक्षी आदमी बैठना चाहता है और बैठने पर हज़ारों चिताओं, षड्यंत्रों और कठिनाइयों से जकड़ जाता है।"

"लेकिन आपको कैसी परेशानी है ? आप अपने राज्य के सर्वेसर्वा हैं।"

दीर्घ निःश्वास लेकर महाराजा बोला, "मेरे बाप की इक्कीस रानियां। इक्कीस की इक्कीस रानियों के लगभग अठारह बेटियां। फिर पासबानों, पर्दायतनों और मरजीदानों के बच्चे। सबको महल के आंगन में इकट्ठा करो तो एक छोटी-मोटी फौज हो जाए।"

'मानती हूं।"

"और जिन रानियों का मैं बेटा नहीं हूं, वे चाहती हैं कि राज्य की अधिक से अधिक सम्पत्ति वे अपनी बेटियों को दे जाएं।" उसने शराब का घूंट लिया, "आप जानती हैं कि रानी गीता, राधा और जसवंत की बेटियों को महाराजा ने विवाह पर 'पन्नों के हार' नहीं दिए तो वे नाराज़ हो गईं। जब उन्होंने विरोध किया तो महाराजा बिगड़ गए। इसपर तीनों ने वे पांचों बहुमूल्य पन्नों के हार चुरा लिए। स्वर्गीय महाराजा को इस चोरी के पीछे किनका हाथ है, उसका

पता लग गया। महाराजा का क्रोध जब भड़क जाता था तब वे तलवार से भी अधिक तेज़ और पत्थर से भी ज्यादा निर्मम हो जाते थे। उन्होंने इन तीनों रानियों को सात–सात दिनों के लिए तहखानों में बंद कर दिया। इन्हें कैदियों का भोजन—केवल दाल और बाजरे की रोटियां दी जाती थीं।"

"अच्छा !" भगवती ने चौंककर कहा।

"हां।"

"फिर...?"

"नारी भी कम प्रतिहिंसिनी नहीं होती। जब वह अपने असली रूप में आती है, तब सारे सम्बन्धों को भुलाकर प्रतिशोध लेती है। शत्रु का विनाश हर कीमत पर करने के लिए तत्पर हो जाती है। यही मनःस्थिति तीनों रानियों की हो गई। उन्होंने महाराजा को दुर्दान्त मृत्यु दे दी।"

भगवती की आंखें विस्फारित हो गई। कुछ पलों तक वह अपलक संतप्त महाराजा को निहारती रही।

महाराजा ने पुनः कहा, "यह ताज वास्तव में कांटों का ताज होता है। मैं उन तीन रानियों और राजवैद्य को उनकी करनी का दंड दिए बिना नहीं रहूंगा।"

और महाराजा व राजा इस सम्बन्ध में 'गुलाबबाड़ी' के छोटे से महल में बैठे-बैठे मंत्रणा कर रहे थे। महाराजा ने शंकित होकर कहा, "अपनी छाया तले अनेक शत्रु पल रहे हैं।"

"आस्तीन के सांप हैं वे सब।"

"जब तक उनका उपाय नहीं किया जाएगा, तब तक हम निश्चित होकर अपना प्रशासन नहीं चला पाएंगे।"

राजा किसन ने पहरेदार को शराब लाने के लिए कहा। थोड़ी ही देर में पीने का सारा प्रबन्ध हो गया। इसके बाद राजा ने कहा, "सबसे बड़ी जो समस्या हमारे सामने भविष्य में आने वाली है, वह है रानियों के सगे-सम्बन्धियों की महत्त्वपूर्ण स्थानों पर नियुक्तियां। सबसे पहले उन्हें शक्तिहीन किया जाए।" राजा ने एक सांस में सारा गिलास खाली कर लिया।

"कल एक अध्यादेश जारी कर दिया जाए। उसमें उन लोगों को आदेश दे दिया जाए कि वे तीन दिनों के भीतर-भीतर हमारी रियासत को छोड़ दें। यदि वे नहीं छोड़ेंगे तो उनकी सारी सम्पत्ति को जब्त कर लिया जाएगा।"

"यही ठीक रहेगा।" राजा ने महाराजा की बात का समर्थन किया, "यह कार्य करने के पहले हमें दीवानजी और शिवनाथजी पुरोहित से परामर्श कर लेना चाहिए। ये दोनों बहुत ही विश्वसी और प्रजा पर प्रभाव रखने वाले व्यक्ति हैं।"

महाराजा ने शराब का गुटका लेकर कहा, "एक और समस्या उठ सकती है कि ये लोग अंग्रेजी सरकार से इसकी शिकायत करें। यदि उस सरकार ने हमारे विरुद्ध निर्णय दे दिया तो? इसलिए बात का बतंगड़ न बने, इसके लिए इन्हें पदच्युत करना ही उत्तम रहेगा।"

"करेक्ट।" राजा ने हिचकी लेकर किंचित् लम्बे स्वर में कहा, "अरे यार, अब तो उस मालिन को बुलाओ।"

"कौन-सी मालिन ?"

"जिसे एक दिन हमने इसी गुलाबबाड़ी के महकते गुलाबों के बीच देखा था।"

"हां, याद आया।" महाराजा ने ताली बजाई। ड्योढ़ीदार ने आकर सिर झुका दिया।

"जाओ, माली को बुलाकर लाओ।"

थोड़ी देर में माली आकर उपस्थित हो गया। वह थर-थर कांप रहा था।

"बागबान, तेरे कितनी बेटियां हैं ?"

"जी, एक।"

"कहां है वह ?"

"वह तो मर गई।"

"मर गई ! ...कब?" दोनों को आघात लगा।

"आज से तीन महीने पहले की बात है। उसको सांप ने काट लिया था।"

"ओह !" दोनों के मुख से लम्बी आह निकल गई।

माली और ड्योढ़ीदार चले गए। इसके बाद वहां का वातावरण अत्यंत ही गंभीर और बोझिल हो गया। स्वर्गीय महाराजा की तीनों हत्यारी रानियों का काम कैसे तमाम किया जाए, इसके लिए राजा और महाराजा ने एक भयानक हिंस्र योजना बना डाली।

रात हो गई थी।

रानी जसवंत अपने महल में अपनी शय्या पर सोई हुई थी। उससे थोड़ी दूर पर उसकी दहेज में आई डावड़ी ज़मीन पर एक पतला-सा बिस्तर बिछाकर खर्राटे ले रही थी।

राजा किसन के हाथ में एक टोकरी थी। वह धीरे-धीरे जसवंत के महल के समीप आया। एक पल उसने खिड़की की राह जसवंत को देखा। वह सबको चिंताओं से मुक्त करने वाली नींद की गोद में सोई थी। उसके पलंग के पास एक और खिड़की थी। उस खिड़की के पास जाकर उसने टोकरी में से सांप निकाला और रानी की तरफ फेंक दिया। सांप सीधा जसवंत के मुंह पर पड़ा। पड़ते ही रानी ने चीखकर हाथ का झटका दिया। सांप ने हाथ पर काट खाया।

जसवंत 'सांप—सांप' कहकर चिल्ला पड़ी। उसकी डावड़ी जाग गई। वह ज़ोर से चीखने लगी। आसपास की स्त्रियां इकट्ठी हो गईं। तुरन्त राजवैद्य को बुलाया गया। राजवैद्य अपने रथ पर बैठकर रवाना हुआ। उसका 'डेरा' महल से काफी दूर था। रास्ते में ही एक आदमी हठात् रथ में घुसा और उसने राजवैद्य को छुरे की मार से छलनी बना दिया। सारथी भयभीत होकर रात के अंधेरे में भागा। वह हांफता-हांफता महाराजा के पास आया। महाराजा अपनी रानी मां के चरणों में बैठकर घड़ियाली आंसू बहा रहा था।

उसने आकर सूचना दी कि राजवैद्य को कत्ल कर दिया गया है। महाराजा ने तुरन्त ही एक झाड़ागर (मंत्रज्ञ) को बुलाने का आदेश दिया। झाड़ागर आया, इसके पहले ही रानी जसवंत भगवान को प्यारी हो गई।

तीसरे दिन महाराजा ने दरबार में घोषणा की, "रानी मां सा की सांप काटने से जो मृत्यु हुई है, उसके लिए समस्त रियासत शोकसंतप्त है। पूरे

ग्यारह दिन शोक रखा जाएगा। साथ ही राजवैद्यजी की हत्या भी हम सबके लिए कम दुखदायी नहीं है। जिस आदमी ने उसकी हत्या की है, वह एक बनजारा है। उस बनजारे के जवान बेटे का उपचार करने से वैद्यजी ने इनकार कर दिया था, जिससे उसके बेटे की मृत्यु हो गई। बेटे के वियोग ने उस बनजारे को पागल बना दिया। उसमें घृणा फूत्कारने लगी और उसने प्रतिशोध में वैद्यजी की निर्ममतापूर्वक हत्या कर दी। हम सबको इसका संताप है।"

और एकांत में महाराजा ने राजा से विस्मयभरे स्वर में पूछा, "तो क्या हर राणी का शोक ग्यारह दिन मनाया जाएगा? इस तरह तो हम बोर हो जाएंगे!"

"आप राजा किसन का चक्र देखते जाइए। सांप भी मर जाएगा और लाठी भी नहीं टूटेगी।"

और उसके ठीक तीसरी सुबह एक और भयावह दुर्घटना घट गई।

रानी गीता और राधा मृत पाई गईं। दोनों एक-दूसरे से गुथी हुई थीं। दोनों की छाती में छुरे घुसे पड़े थे। सर्वत्र हीरे, मोती, नकदी और अन्य गहने विखरे पड़े थे। यह लोमहर्षक दुर्घटना राधा के महल में हुई थी। दो कसूम्बे के प्याले उनके पास पड़े थे।

उसी सुबह समस्त दरबारियों, राजवी लोगों व सामन्तों के सामने उन दोनों रानियों का राजकीय सम्मान के साथ दाहसंस्कार कर दिया गया। जब चिता जल रही थी, तब लोग परस्पर बातें कर रहे थे, "आपसी झगड़े ने दोनों को मिटा दिया।" राधा की डावड़ी का कहना था, "इधर राधा रानी और गीता रानी के बीच धन को लेकर निरन्तर कहा-सुनी होती रहती थी। कभी-कभी यह वादविवाद इतना तीव्र हो जाता था कि वे एक–दूसरे के खून की प्यासी हो जाती थीं। मारने तक की धमकी दे देती थीं।"

राजा किसन का अनुमान था, "दोनों ने पहले मरने का निश्चय किया। फिर शांति से कसूम्बा पिया। एक-दूसरे की छाती में छुरे भोंके। कुछ भी कहिए—इन दोनों ने वीरांगनाओं की भांति मृत्यु को वरण किया है।"

जितने मुंह उतनी बातें !

और राजा एवं महाराजा महल में जामे-सेहत लेते हुए खिलखिलाकर हंस रहे थे। राजा ने कहा, "मैंने पहले गीता की छाती में छुरा भोंका। छुरा भोंकने के पहले मैंने उसका गला घोंट दिया था। इसके पश्चात् राधा का। फिर बड़ी चतुराई से पूरे दृश्य की रचना कर डाली।"

महाराजा ने तुरन्त दासी को आवाज लगाई। उसे आदेश दिया, "ज़रा मुन्नीबाई को भेजना।"

मुन्नीबाई तवायफ नूरजहां बेगम की बेटी थी। नूरजहां नगर की प्रसिद्ध वेश्या थी। उसकी बेटी की 'नथ' महाराजा किसन ने ही तोड़ी थी। उसने मुन्नी के रूप-यौवन की इतनी प्रशंसा की कि राजा किसन के भीतर वासना के सांप लोटने लगे। उसने तुरन्त ही मुन्नीबाई को देखना चाहा। महाराजा के आदेश पर मुन्नीबाई ने महल में प्रवेश किया।

उसने झुककर कोनिश की। उसके होंठों पर एक व्यापारिक मुसकान थी।

"हुक्म कीजिए अन्नदाता !"

"तुझे राजाजी देखना चाहते थे।"

मुन्नीबाई ने बड़े अदब से कहा, "बाज़ारू चीज़ को भला क्या देखना-परखना! हम तो आपके हुक्म के ताबेदार हैं।" वह एक पल रुकी, "नाच-गाना पेश करू?"

राजा मुन्नीबाई के अतुल रूप को मुग्ध होकर देख रहा था। बोला, "सचमुच अप्सरा है।"

महाराजा ने गर्व से राजा की ओर देखा। फिर मून्नी को आज्ञा दी, "नाच-गाना पेश करो।"

"जो हुक्म अन्नदाता !"

थोड़ी देर में सारा महल संगीत से चहक रहा था।

दरबार में रक्तपात

पं० शिवनाथ ने महाराजा को सिर झुकाकर कहा, "दीवान नाथूराम चौधरी अपनी जाति वालों का पक्ष ले रहा है और राजपूत तथा ब्राह्मणों से भारी-भारी रकमें रिश्वत में खाता है। यदि उसे नहीं रोका गया तो कभी जाटों और राजपूतों के बीच खून की नदियां बह सकती हैं।"

महाराजा ने पुरोहित शिवनाथ की ओर देखा। शिवनाथ ने तुरन्त ही नज़रें झुकाकर पुनः कहा, "पन्द्रह दिनों के भीतर राजा किसनजी का महल बनकर तैयार हो जाएगा। लालकिले की कुछ विशेषताएं राजाजी के महल में भी हैं।"

"उसकी देखरेख कौन कर रहा है ?"

"महाराज ! यह आपके चरणों का दास कर रहा है।" पुरोहित महाराजा के चरणों में लगभग लोटता हुआ बोला, "और रियासत अनूपगढ़ की राजकुमारी को भी मैं देख आया हूं। महाराजाधिराज, वह अठारह वर्ष की है। उसका सौन्दर्य संस्कृतकाव्यों में वर्णित रूपसियों-सा है।"

"फिर विवाह की तारीख...?"

तभी राजा किसन आ गया। आते ही हंसकर बोला, "किसके विवाह की तारीख तय हो रही है ?"

"हमारे विवाह की। राजकुमारी अनूपगढ़ के साथ। पुरोहितजी फरमा रहे हैं कि वह शीशमहल की शोभा के लायक है।"

"और पुरोहितजी, हमारे लिए?"

"एक नहीं, हज़ार ढूंढ़ दूंगा।"

राजा प्रसन्न हो गया। जैसे भूली हुई बात याद आई हो, इस तरह चौंककर बोला, "नये दीवानजी की गतिविधियां दिन-प्रतिदिन सन्देहास्पद हो रही हैं।"

"पुरोहितजी भी यही कह रहे हैं।" महाराजा ने राजा की बात का समर्थन किया, "कुछ सोचना ही पड़ेगा। बाढ़ आने के पहले ही उसे रोकने का प्रबन्ध कर दिया जाना चाहिए।"

राजा खड़ा हो गया। चहलकदमी करता हुआ वह बोला, "किसी

बड़े पदाधिकारी को हटाने के लिए ठोस कारण भी होना चाहिए। इससे दूसरे अधिकारियों में न तो अविश्वास उत्पन्न होता है और न असंतोष। क्यों पूरोहितजी ?"

पुरोहित चापलूसी करते हुए बोला, "मैं भला आप लोगों को क्या सलाह दे सकता हूं! आपके पांवों की धूल हूं।" कहकर पुरोहित चला गया।

राजा किसन ने महाराजा के कन्धे पर हाथ रखकर कहा, "मैं जितने भी संदेहास्पद दरबारी अधिकारी हैं, उनको ठिकाने लगवा दूंगा।"

"कैसे ?"

"यह आप मुझपर छोड़िए।"

दूसरे दिन दरबार लगा हुआ था। उस दरबार में रानी गीता और रानी जसवन्त के पीहर वाले भी उपस्थित थे। दोनों असली राजपूत। एक बीदावत तो दूसरा राठौड़। दोनों सदा इस प्रयत्न में रहते थे कि एक-दूसरे को नीचा दिखा दें। यह सिलसिला स्वर्गीय महाराजा संग्रामसिंहजी के ज़माने से ही चला आ रहा था। महाराजा और राजा किसन के राज्यकाल में यह तनाव किंचित् द्वेष और घणा में बदल गया, क्योंकि दोनों की पक्षधर रानियां जो मर गई थीं।

आज राजा ने बीदावतों के ठाकुर दीनानाथ को दरबार लगने के पहले ही बता दिया था, 'राठौड़ प्रभुसिंह आपको अपने पांव की जूती समझते हैं। कहते हैं, बीदावतों में क्षत्रिय गर्व-गौरव है ही नहीं।'

'वह कैसे ?'

'यह आप दरबार में देख लीजिएगा।'

दीनानाथ का पारा सातवें आसमान पर चढ़ गया। मूंछों को मरोड़ते हुए उसने कहा, 'उनका सिर सूज गया है। गरमी कुछ कम करनी पड़ेगी।'

राजा किसन ने उसे और उत्तेजित किया, 'ठाकूर सा! पहाड़ से टकराने की चेष्टा मत कीजिएगा। उससे आदमी स्वयं अपना नाश करता है।'

"आन खोकर प्राण की रक्षा राजपूत नहीं करता।" बीदावत ठाकुर ने घमण्ड से कहा।

दरबार में आमने-सामने बीदावत और राठौड़ बैठे थे। दीवान नाथूराम ने एक नई घोषणा की। घोषणा के पहले चारण सांवलदान ने महाराजा किसन के प्रति कुछ प्रशंसात्मक व ओजस्वी 'कवित्त' पढ़े। राजा किसन महाराजा के दाईं ओर एक चांदी के सिंहासन पर बैठा था, जो महाराजा के सिंहासन जैसा था। सिर्फ अन्तर था कि महाराजा का सिंहासन सोने का था, बड़ा था और राजा का चांदी का था और छोटा था।

एकाएक राठौड़ सरदार ठाकुर प्रभुसिंह ने अपनी कर्ण-स्पर्शी मंछों को बल देकर ठाकूर दीनानाथ की ओर थकने का सा अभिनय किया।

दीनानाथ के तौर बदल गए। वह दांत पीसकर अपनी मंछों पर बल देने लगा। यह क्रिया कुछ देर तक चलती रही। अचानक दीनानाथ का हाथ तलवार पर चला गया। वह बिजली की गति से उठा और उसने प्रभुसिंह को ललकारा, "ठाकुर सा, आप अपनी मूंछों पर से हाथ हटा लीजिए वर्ना, लाशों से दरबार को पाट दूंगा।"

"तू हमारा एक बाल भी नहीं उखाड़ सकता।"

"आपने मुझे 'तू' कहा?"

"अरे तू कौन-सा मुझे रोटियां डाल रहा है !"

दीनानाथ के रक्त में उबाल आ गया। उसने तलवार म्यान से बाहर निकाल ली। घृणा से उसके मुंह पर थूककर वह बोला, "मैं 'आप—आप' कह रहा हूं और आप हैं कि मुझे 'तू' और 'रे' कह रहे हैं। जानते नहीं, मैं असली खानदानी राजपूत हूं। मुझे 'तू' और 'रे' गाली जैसे हैं।"

प्रभुसिंह के चेहरे पर थूक फैल गया था जिससे सभी दरबारियों ने नाक सिकोड़ लीं। प्रभुसिंह इस अपमान को नहीं सह सका। उसने भी तलवार खींच ली।

महाराजा और पुरोहित उठकर बीच-बचाव करने के लिए जाने लगे कि राजा ने उन्हें रोक दिया। आंखों से बैठने का संकेत कर दिया।

बीदावत ठाकुर का प्रभुसिंह ने गला पकड़ लिया, "मेरे मुंह पर थूकता है कुत्ते !"

तभी एक दूसरे बीदावत ने अपनी तलवार खींच ली और एक झटके में प्रभुसिंह के हाथ पर वार कर दिया।

दरबार में बीदावतों व राठौड़ों की संख्या अधिक थी। दोनों का ही सारी रियासत पर प्रभुत्व-सा था। तीसरा दल जाटों का था, जो अब शक्ति में आ रहा था। वह तो दीवान की ओर चला गया।

राठौड़ों ने भी तलवारें खींच लीं। दोनों दलों में भयंकर रक्तपात हो गया। जब लड़ाई रुकी तो तीन-चार बीदावतों व.राठौड़ों के अलावा सब मर गए थे। दीवान ने लपककर सेना को बुला लिया। पर अब क्या हो सकता था !

राजा किसन ने उन लाशों को देखकर अभिमान से कहा, 'ये सच्चे राजपूत थे। राजपूत अपने सामने किसीको मूंछों पर ताव देते नहीं देख सकता।" उसने तुरन्त हुक्म दिया, "घायलों का उपचार कराया जाए।"

महाराजा लाशों के समीप आया। उसे लगा कि उसके पांवों में बड़े-बड़े पत्थर बांध दिए गए हैं। कटे हुए अंग, धड़ और सिर रक्त के विचित्र दायरों में पड़े थे। उसने स्वयं दीनानाथ और प्रभसिंह के सिरों को हाथ में लिया। कहा, "आज मेरे दरबार के दो सिंह आपस में लड़कर मर मिटे। इन दोनों ने हमारी रियासत की बड़ी सच्चाई से सेवा की है। सारी रियासत इनके सम्मुख सिर झुकाती है।"

राजा किसन ने कहा, "इन दोनों के दो स्मारक बनाए जाएंगे ताकि हमारी रियासत इन दोनों की सेवाओं को कभी न भूले।"

लाशें हटाई जाने लगीं।

नंगा नाच

उस दिन नगर के पश्चिम में स्थित मानसरोवर की पहाड़ी वाले मोहनगढ़ पर एक शानदार पार्टी थी। उस पार्टी में सेना के सर्वोच्च पद पर आसीन नया

अंग्रेज़ पदाधिकारी रोनाल्ड भी सपरिवार सम्मिलित था।

राजा किसन का कहना था कि अंग्रेज़ हकमत को प्रसन्न रखने के लिए उन्हें अपने से कुछ सीमा तक जोड़कर रखना चाहिए। इसके अलावा उस पार्टी में बड़े-बड़े सामन्त, मंत्री, नये दीवान पंडित शिवनाथ भी सम्मिलित थे। रियासत की प्रसिद्ध ढोलिनियों का नग्न नृत्य होने वाला था। उस पार्टी में लखनऊ की अख्तर जान भी शामिल थीं। राजा, महाराजा और रोनाल्ड परस्पर अंग्रेजी में बोल रहे थे। रोनाल्ड के साथ उसकी पुत्री और पत्नी भी थीं। पुत्री की उम्र लगभग सत्रह वर्ष की थी। भरपूर यौवन और काले बाल। वह हर पल मधुर मुसकान अपने रसीले अधरों पर पसारे रहती थी। उसका नाम 'सिंगर' था। रोनाल्ड की पत्नी एक सम्भ्रान्त महिला थी।

इस गढ़ में एक शानदार डाइनिंग हॉल था। उसमें लंदन की बनी एक कलात्मक डाइनिंग टेबल थी। सिंहासननुमा कुर्सियां। दोनों ओर बेलजियम के बने बड़े-बड़े शीशे लगे हए थे। उसमें भोजन करने वाले लोग दिखाई पड़ रहे थे। बेलजियम के ही झाड़-फानूस। विदेशी क्रॉकरी। शराब के दौर पर दौर चल पड़े।

रोनाल्ड ने दरबार में हुए हत्याकांड का कारण पूछा। महाराजा ने संवेदनापूर्ण स्वर में कहा, "कोई ठोस कारण था ही नहीं, बस यूं ही बातों-बातों में...।"

"बातों ही बातों में इतनी मारकाट? यह तो बड़े ही ताज्जुब की बात है !"

राजा किसन ने कहा, "हम राजपूत आन और शान के धनी होते हैं। जहां हममें कूट-कूटकर शौर्य भरा पड़ा है, वहां हममें बेशुमार सनके भी घुसी हुई हैं। उस दिन दरवार में बीदावतों के सामने राठौड़ मूंछों पर ताव देने लगे। भला किसी वीर क्षत्री के सामने कोई मूंछों पर ताव दे सकता है ! ताव का मतलब समझ गए न?" राजा किसन ने ज़रा हंसकर पुनः अपनी मूंछों पर बल देकर कहा, "ऐसा किसी राजपूत के सामने करना उसको चुनौती देना है। बस, इसी ज़रा-सी बात ने इतना बीभत्स

हत्याकांड करा दिया।"

"मूंछों पर बल देने ने ?"

"जी।"

रोनाल्ड खिलखिलाकर हंस पड़ा। वह कुछ पल हंसता रहा। फिर हलके मूड में बोला, "अच्छा हुआ कि हमारे मूंछे नहीं हैं।"

राजा किसन सिंगर के पास गया। सिंगर अपने-आपमें लीन थी। राजा किसन ने अत्यन्त ही कोमल स्वर में कहा, "हलो, हाऊ : आर यू?"

"फाइन।"

राजा किसन ने उसे गौर से देखा। वह अत्यन्त ही आकर्षक थी। उसकी आंखों में पीड़ा-सी दहक रही थी।

सिंगर ने राजा की ओर देखकर कहा, "आप मुझे बता सकते हैं कि शाप क्या होता है ? आई मीन कर्स !"

राजा ने सिंगर की ओर गौर से देखा। अप्रासंगिक बात पर उसे आश्चर्य हो रहा था। लोग खा-पी रहे हैं और यह शाप के बारे में पूछ रही है ! फिर भी उसने सिंगर के संतोष के लिए कह दिया, "यह दैविक शक्ति होता है। इसके लिए साधना-तपस्या करनी पड़ती है।"

वह हठात् बोली, "यह सब मैं करना चाहती हूं।"

"कीजिए।"

तभी जोर के ठहाके ने उन सबका ध्यान अपनी ओर आकर्षित कर लिया। राजा ने देखा कि महाराजा बड़े ज़ोर से हंस रहा था। वह सिंगर से क्षमा मांगकर चल पड़ा।

भोजन के बाद ढोलिनियों का नृत्य मोहनगढ़ की बारादरी में होना था। वहां पहले से ही जाजमें बिछा दी गई थीं। गावतकिये लगा दिए थे। बीचोबीच महाराजा के लिए विशेष रूप से कीमती गद्दा बिछाया गया था। रोशनियां जगमगा रही थीं। ढोलिनियों की नायिका ढोलक को ठीक करने लगी। दूसरी एक और ढोलिनी हारमोनियम का स्वर मिलाने लगी।

इसके बाद पहला गीत महाराजा से सम्बन्धित शुरू हुआ। उसमें

महाराजा की प्रशंसा थी। रियासत की गरिमा थी। धीरेधीरे अनेक गीत उस बारादरी में मुखरित हुए। जब फागुन के गीत गाए जाने लगे तब ढोलिनियां मस्ती में आ गई थीं। गीतों के बीच में वे शराब पी रही थीं। उनके घाघरे घुम-घूमकर उनकी गोरी सलोनी पिंडलियां दिखा रहे थे। घुंघरुओं की झनकार के बीच अश्लील संकेतों ने और भी कमाल कर दिया। रोनाल्ड-परिवार बीच में ही चला गया। सिंगर ने जाते-जाते राजा को अपने पास बुलाया। कहा, "मैं आशा करती हूं कि आप मुझसे फिर भेंट करेंगे।"

"अवश्य करूंगा।"

उनके चले जाने के बाद ढोलिनियों का अन्तिम दौर आरंभ हुआ। यह दौर एक अश्लील गीत से शुरू हुआ।

इस गीत की चरमोत्कर्षी पर ढोलिनियों ने एक-एक वस्त्र उतारने शुरू कर दिए। यह विवस्त्र होने की क्रिया इतनी धीमी व उत्तेजक थी कि सारी उपस्थिति उन्मादित हो उठी। कुछ ठाकुरों ने ढोलिनियों को नंगा कर दिया और ढोलिनियां! ... वे तो मदमस्त होकर सिर्फ नाचती ही जा रही थीं।

महाराजा उठकर मुन्नीबाई के पास चला गया। वह जाकर मुन्नीबाई से ठुमरी सुनने लगा। उसने पहरेदार को सख्त आदेश दे दिया कि किसीको भीतर न आने दिया जाए।

और रात सुरा व सुन्दरी में और गहरी हो गई।

राजा का नया किला

राजा किसन का भव्य किला तैयार हो गया। उसका नक्शा कुछ देशी और कुछ विदेशी था। उसके बड़े-बड़े चौड़े खंभे रोम के महलों की याद दिला रहे थे। गुम्बद व कक्ष राजपूती शैली के प्रतीक थे। महलों के बीचोबीच नदी से एक नहर-सी निकाल दी गई थी, जो स्नानागारों से होकर जनाना बाग में एक चौकोने तालाब के रूप में बदल गई थी। तालाब में पानी बहुत अधिक न हो, इसलिए तालाब के अन्दर से एक नाला निकाल दिया था जो थोड़ी दूर एक पहाड़ी झील से मिल गया था।

राजा के महल में जनानी ड्योढ़ी, रंगमहल, नत्यघर, रसोईघर अतिथिगह और चार बड़े-बड़े कक्ष व दो तहखाने थे। महल की पिछली दीवार के पास जहां जनाना बाग शुरू होता था वह डावड़ियों व गोलियों की कोठरियां बनी हुई थीं। महल के आगे की ओर लम्बी-चौड़ी जगह छोड़ी हुई थी। उसकी दीवार के आसपास दासों की कोठरियां थीं। कुछ दास अपनी पत्नियों के साथ रहते थे।

किले में प्रवेश के पूर्व बहुत बड़ा हवन किया गया। उस हवन में नगर के एक सौ एक पंडितों ने भाग लिया, जिसका नेतृत्व पंडित अजयप्रसाद शास्त्री कर रहे थे। राजा किसन और दीपकुंवर पूजा में परम्परागत पोशाक पहनकर बैठे थे। सारा किला बन्दनवारों से सजाया गया था। बाहर ढोलिनियों के गीत हो रहे थे।

रात को महल में एक पार्टी थी। उस पार्टी के दो भाग थे। एक पुरुषों का और दूसरा स्त्रियों का।

आधी रात तक महल में चहल-पहल होती रही। धीरे-धीरे शांति छा गई।

दीपकुंवर रंगमहल की ओर गई। रंगमहल के दरवाजे पर 'मीनकी' नाम की एक प्रौढ़ दासी खड़ी थी। उसने जैसे ही दीपकुंवर को देखा, वैसे ही उसे रोक दिया, "आप भीतर नहीं जा सकतीं!"

दीपकुंवर को आश्चर्य हुआ। उसने भूखी नज़र से दासी को देखा। बोली, "मैं नहीं जा सकती ? क्यूं नहीं जा सकती ? हट जा!"

"मैं नहीं हटेंगी। राजाजी का हुक्म है।"

"गोली की बच्ची, हटती है या...?" उसने दासी के बालों में अपनी उंगलियां उलझा डालीं। दांत पीसकर कहा, "कमीनी कहीं की, आंखें फुड़वा दंगी।"

"आप कुछ भी करिए, पर मैं आपको भीतर नहीं जाने दूंगी।"

"ठहर 'खानकी रांड', ठहर।" दीपकुंवर ने तडातड़ मीनकी के गाल पर चाटें बरसा दिए। मीनकी ने दीपकुंबर को बार-बार यही कहा, "राजाजी का सख्त हुक्म है। मैं आपको नहीं जाने दूंगी।" बात तूल पकड़ती गई।

दीपकुंवर ने मीनकी को नीचे गिरा दिया। वह उसे गंदी फोश गालियां निकालती रही। मीनकी फर्श पर पड़ी-पड़ी लातें-धूंसे खाती रही, पर उसने दीपकुंवर के पांव को नहीं छोड़ा।

शोरगुल सुनकर राजा बाहर निकला। वह शराब में धुत था। उसने झूमते हुए कहा, "यह सब क्या तमाशा बना रखा है ?"

दीपकुंवर ने हांफते हुए घृणा से कहा, "यह चुडैल मुझे भीतर नहीं जाने दे रही।"

राजा ने दीपकुंवर के कन्धे पर हाथ रखकर कहा, "मेरा हुक्म जो है।"

"और मेरा?" वह कड़ककर बोली।

"मुझसे बड़ा नहीं है तुम्हारा हुक्म।" घमण्ड से आंखें मिचमिचाकर राजा ने कहा, "खसम मैं तुम्हारा हूं या तुम...?"

दीपकुंवर ने आग्नेय दृष्टि से राजा किसन को देखा। कहा, "आज महल में प्रवेश का पहला दिन है। रंगमहल की पहली रात और मैं अकेली सोऊंगी?"

"बिलकूल।"

"क्यों?"

"पहली रात उस औरत के साथ बिताई जाती है जो पहली बार सेज की शोभा बनी हो।"

"राजाजी!" वह चीख-सी पड़ी।

राजा किसन नशे में धुत था ही। वह अस्पष्ट स्वर में बोला, "चलो, देखना ही चाहती हो, तो देख लो। आओ डार्लिग, आओ।"

वह दीपकुंवर को पकड़कर भीतर घसीट लाया। रंगमहल की सजावट अनुपम थी। सारे फर्श पर आकर्षक कालीन। खिड़कियों पर चमकदार पर्दे। दोनों दीवारों पर बब्बर शेर की खालें, जिनके मुंह अत्यन्त ही डरावने थे। बड़ा पलंग। पलंग के दोनों ओर आदमकद शीशे। पलंग के ठीक ऊपर भी शीशा, जिसमें सोने वाले प्राणी साफ-साफ दिखाई देते थे। पलंग के आगे एक फुट ऊंचाई का लगभग 20x20 का तख्ता। उसपर बहुत ही मोटी जाजम बिछी हई थी। छोटी-छोटी कई मेजें। एक गोल मेज़ पर पीने

की सामग्री पड़ी थी।

छत से लटक रहे थे कई झाड़-फानूस और हंडियाएं। बीच का फानूस काफी बड़ा था। चारों कोनों में छोटे-छोटे फानूस। उनके बीच में हलकी नीली कांच की हंडियाएं।

दीपकुंवर ने महल को अपनी दृष्टि में भरा। उसे महल में कोई भी नज़र नहीं आया। वह कुछ हैरान-सी हो गई।

"सरोज !" राजा ने पुकारा।

कोई जवाब नहीं।

राजा समझ गया कि सरोज छुप गई है। महल के चार दरवाज़े थे। वह खुद दाईं ओर के दरवाजे की ओर गया। उसपर भारी पर्दा लटक रहा था। उसने पर्दा हटाया। वहां कैशोर्य के सलोनेपन से दीप्त एक गौरांगी लड़की आदमजात के रूप में खड़ी थी। उसने अपने हाथों से अपने 'शरीर' को ढक रखा था।

दीपकुंवर के बदन में आग लग गई। क्षोभ और अपमान से तड़पकर बोली, "यह कौन है—यह कौन है ?"

"दिखाई नहीं देता ?" राजा ने झल्लाकर कहा, "यह लड़की है। अब तुम जाओ।"

सरोज पलंग के नीचे दुबक गई। दीपकुंवर पलंग की ओर बढ़ने लगी। राजा ने लपककर उसे पकड़ लिया। वह नहीं मानी।

"उधर मत जाओ।" इस बार राजा ने उसका बाजू ज़ोर से पकड़ लिया।

"राजाजी, सेज की मक्खी भी बुरी होती है और यह...!" उसने घृणा से मुंह बिचकाकर कहा, "मैं इसका मुंह नोच डालूंगी। इसका काला मुंह लीला (गीला) पत्र करके इस नगर से निकलवा दूंगी।"

"तुम्हारा हुक्म चलता है यहां ?" "हां।"

"इस वहम को तुम अपने मन से निकाल दो।" राजा ने इसपर उसे झटका दिया और कहा, "इज्ज़त से जाना ज्यादा अच्छा है वर्ना मैं धक्के देकर निकलवा दूंगा। मेरे रंग में भंग मत डालो।"

इसपर भी दीपकुंवर नहीं मानी तो राजा ने उसको दो-चार चांटे जड़ दिए, "लुगाई की जात बिना डंडे खाए नहीं मानती।...अब भी अक्ल को ठिकाने ले आ, मुंह नीचा करके महल से निकल जा।"

दीपकुंवर अपमान की आग में जलकर महल से निकल गई। निकलने के पहले उसने सिंहनी की भांति गरजकर कहा, "यदि इस अपमान का बदला नहीं लिया तो मैं असल बाप की बेटी नहीं।"

राजा ने उसकी कोई परवाह नहीं की। उसने सरोज को पलंग के नीचे से आने के लिए कहा। वह आतंकित-सी बाहर आई। उसका अनिंद्य सौन्दर्य धुएं-सी काली परत में ढका-ढका और बुझाबुझा-सा लगा। त्वचा का रंग भय से पीतवर्ण लग रहा था।

राजा ने उसका भावनाहीन आलिंगन किया। उसे बांहों में भरा। राजा को लगा कि एक शव उसकी देह से चिपका है। एक यांत्रिक मानव उसकी बांहों में है।

"मैं तुम्हें मालदार बना दूंगा।"

सरोज के भीतर ठंड घुस गई थी। राजा सुबह तक शरीर की विभिन्न गंधों में खोया रहा।

सरोज रथ पर बैठकर चली गई। वह एक गरीब बाप की बेटी थी। कुटनी नरबदा ने सरोज को राजाजी के पास पहुंचाया था। तीन सौ कलदार लिया था।

एक रात सरोज ने फिर महल में प्रवेश किया। प्रतिहिंसक बनी दीपकुंवर उसकी प्रतीक्षा कर रही थी। सरोज जैसे ही लम्बे गलियारे में घुसी, वैसे ही दीपकुंवर उसके आड़े आ गई। सरोज के साथ नरबदा थी।

दीपकुंवर ने कड़ककर कहा, "तू वापस चली जा, तेरा काम मैं कर दूंगी।"

सरोज आर्तनाद कर उठी, "नहीं-नहीं, नरबदा मौसी, नहीं, तुम मेरे साथ चलो।"

दीपकुंवर ने झट से अपनी अंगूठी उतारकर उसे दे दी, "तू चुपचाप चली जा...प्यार से नहीं गई तो तकरार..."

नरबदा की तीक्ष्ण और अनुभवी बुद्धि ने दीपकुंवर के संकेत को समझ

लिया। वह सरोज को समझाती हुई बोली, “घबराने की कोई बात नहीं है लाडी, सब कुछ ठीक हो जाएगा। ठकुराणी सा से मेल-मिलाप रखोगी तो इस गढ़ में मौज करोगी वर्ना कभी खाल खिचवा लोगी।”

नरबदा स्वयं अज्ञात भय से कांप गई थी। वह तीर की भांति वहां से निकल गई।

दीपकुंवर ने सहसा अपने चेहरे के भावों को बदल दिया। हंस पड़ी। बोली, “मुझे तुमसे कोई शिकायत नहीं है। उस दिन तो मैंने गुस्से में जो मुंह में आया, बक दिया था। अरे, वे मेरे केवल पति ही नहीं, एक राजा भी हैं... और एक राजा सौ-पचास औरतें नहीं रखेगा तो उसकी शान कैसे बढ़ेगी!” दीपकुंवर ने सरोज को कुछ पलों तक बोलने का अवसर ही नहीं दिया। जब वह बिलकुल चुप हो गई तो सरोज ने अंधेरे में लिपटे मौन को तोड़कर कहा, ‘मेरा कोई कसूर नहीं है। यह नरबदा मुझे ज़बरदस्ती लाती रहती है।”

”कोई बात नहीं।” दीपकुंवर गहरी आत्मीयता से बोली, “यह कोई बुरी बात नहीं है। तुम चाहोगी तो यहां की शासिका बन जाओगी। बस, मैं तुम्हें कुछ चतुराइयां सिखाना चाहती हूं।”

दीपकुंवर उसे अपने साथ लेकर घुमावदार सीढ़ियों में आ गई। ये सीढ़ियां गढ़ के सर्वोच्च गुम्बद में जाती थीं।

“हम कहां जा रही हैं ?”

“चांदनी रात का आनंद लूटने।” दीपकुंवर ने तुरन्त बताया, “अभी राजाजी हैं भी नहीं। वे महाराजा साहब से भेंट करने गए हुए हैं।”

वे दोनों गुम्बद पर आ गईं। गुम्बद गोलाकार था। उसका पत्थर चिकना था। उसके छः स्तंभ थे। ये स्तंभ नीचे से चौड़े, बीच में कम और ऊपर से अधिक चौड़े थे। उनमें गहरी लकीरें खोदी हुई थीं। ऊपर की चौड़ाई पर घोड़े का सिर बना हुआ था, जिसपर गुम्बद की सम्पूर्ण गुमटी टिकी हुई थी।

चांदनी धवल आंचल-सी फैली हुई थी। शीतल हवा के रुकरुककर होते हुए स्पर्श। गुम्बद के पिछवाड़े लम्बा-चौड़ा फर्श था। फर्श के पिछले हिस्से में दीवार थी। उस दीवार के नीचे तीव्र वेग से नदी बह रही थी। नदी

काफी गहरी भी थी।

दीपकुंवर ने सरोज को कहा, "तुम मेरा अधिकार भी पा सकती हो। उसके लिए तुम्हें यहां की चालाकियां, धूर्तताएं और चापलूसियां सीखनी पड़ेंगी। उनके बिना तुम शीघ्र ही एक खुजलाई हुई कुतिया की तरह निकाल दी जाओगी।"

सरोज खामोश रही।

दीपकुंवर सरोज का हाथ पकड़कर टहलने लगी। टहलते-टहलते वह दीवार के पास आ गई। नदी की ओर देखकर बोली, "यह नदी हमारी रियासत को जीवन देती है और बिगड़ती है तो मौत भी यही देती है। सर्वनाश का ताण्डव भी कर सकती है।"

सरोज नदी को देखने लगी।

दीपकुंवर ने आकाश के मद्धिम तारों को निहारते हुए कहा, "आज दोपहर को मुझे मेरी खास डावड़ी चेतकी ने बताया—राजाजी तुम्हें अपनी रानी बनाएंगे और..."

सहसा दीपकुंवर चुप हो गई। चांदनी के हलके उजाले में वह उसकी आंखों के भावों को नहीं पढ़ पाई। दीपकुंवर के मन में चेतकी के ये शब्द गूंज गए, 'राजाजी सरोज को अपनी रानी ही नहीं, आहिस्ता-आहिस्ता पटरानी भी बनाएंगे। और आपको महल के पिछवाड़े छोटे से स्वर्ण-कक्ष में रहने का हुक्म दे देंगे।'

दीपकुंवर के मन में तूफान-सा उठने लगा.। उसने सोचा कि यह सरोज उसके सारे सुख, संतोष और शान्ति को अजगर की भांति लील जाएगी। घृणा हौले-हौले हिंसा में बदल गई। उसने उन्मादित प्राणी की भांति किसी पिशाची भावना से अभिभूत होकर सरोज को उठाकर धक्का दे दिया।

सरोज के मुख से आर्तनाद निकल पड़ा। फिर वह कपड़े की भांति उड़ती हुई नदी में गिर गई। एक धमाका हुआ और दीपकुंवर ने कुछ पल डुबकियां खाती हुई सरोज को देखा, जो धीरेधीरे अथाह जलराशि में खो गई।

दीपकुंवर को लगा कि एक आंच-सी उसके भीतर जल उठी है जो धीरे-धीरे कुछ पिघला रही है। उसे महसूस हुआ कि उसके नयन भीग गए

हैं और उसके भीतर कोई सुबक रही है।

वह अपने आंसुओं को पोंछकर अपने निजी महल में आकर पलंग पर कटे वृक्ष की भांति गिर पड़ी—एक अनभ्यस्त अपराधी की तरह।

हत्या की सज़ा

नरबदा ने राजा के पांव पकड़कर गिड़गिड़ाकर कहा, "राजाजी ! भगवान की सौगन्ध खाकर कहती हूं कि मैं खुद सरोज को यहां पहुंचाकर गई थी और राणी सा ने आप तक पहुंचाने का वायदा। किया था।"

राजा की आकृति कठोर हो गई और उसने उसी पल दीपकुंवर को बुलाया। बुलाकर पूछा, "सरोज कहां है?"

"मुझे नहीं मालूम...।"

नरबदा ने रोते हुए कहा, "आप इतना सफेद झूठ बोलती हैं ! आपने मुझसे नहीं कहा था कि मैं..!"

'झूठी कहीं की! कल मैंने न तो तुझे देखा और न सरोज को।"

राजा सत्य को भांप गया। उसने नरबदा को चले जाने का हुंक्म दे दिया। फिर उसने चेतकी को बुलाया। चेतकी आई। उसने चेतकी की ओर चार उंगलियों का संकेत किया। तुरन्त वह चार दासियों को ले आई।

"रानी के हाथ-पांव बांध दो।"

रानी क्रोध में बिफरकर बोली, "यदि मुझको किसीने हाथ भी लगाया तो मैं तुम मालज़ादियों के हाथ तोड़ डालूंगी।"

पर किसीने उसकी कोई परवाह नहीं की। दीपकुंवर को बांध दिया गया। इसके बाद राजा ने एक चमड़े का हण्टर लिया और निर्ममता से दीपकुंवर को पीटना शुरू कर दिया। सटाक्-सटाक् हण्टरों की मार से दीपकुंवर रोने लगी। थोड़ी ही देर में उसने अपना अपराध स्वीकार कर लिया।

'सरोज मर गई है।' यह जानकर राजा की आंखों में खून उतर आया। उसका मुंह घृणा से विकृत हो गया। उसने दीपकुंवर के बालों को ज़ोर से खींचकर कहा, "डायन, उस मासूम को पानी में फेंकते हुए तुझे दया नहीं

आई!" उसने उसे मारते-मारते बेहोश कर दिया।

थोड़ी देर बाद रानी को होश आया। उसने कराहते हुए कहा, "पानी...पानी...पानी..."

राजा ने उसे फिर मारकर अचेत कर दिया। यह क्रम सारा दिन चलता रहा।

आखिर चेतकी ने ही हाथ जोड़कर प्रार्थना की, "क्या आपका इनको जान से ही मारने का इरादा है ?"

"हां, मैं चाहता हूं कि इसे भी नदी में फेंक दूं।"

"यह अच्छा नहीं रहेगा।"

"तभी तो इस हत्यारी को तड़पा रहा हूं।"

तीसरे पहर राजा ने दीपकुंवर को एक कमरे में बन्द कर दिया। वह महल की कैद का एक कमरा था। उसमें एक साधारण खाट थी। जीने के कुछ दूसरे सामान थे। एक पानी की मटकी। पर नदी के पास होने के कारण उसमें हवा खूब आती थी।

राजा ने घृणाभरे स्वर में कहा, "तुमने हत्या की है, इसलिए अपना सारा जीवन इस कैद में गुजारो।"

दीपकुंवर ने आंसूभरी आंखों से देखा। देखते देखते उसने हथेलियों में मुंह छुपा लिया। राजा किसन लौट आया।

कुछ दिनों तक वह कुछ अस्वस्थ रहा। महाराजा स्वयं उसका हालचाल पूछने आया।

नई और पुरानी रानी में लड़ाई

राजा स्वस्थ हो गया। आजकल हरखी गांव में रहती थी। राजा और महाराजा की सारी गतिविधियों व दुर्बलताओं को दीवान शिवनाथ समझता था; पर नई लगान लगाने की नीति ने दीवान और राजा-महाराजा के बीच तनाव पैदा कर दिया।

दीवान ने हाथ जोड़कर कहा, "इस बार पर्याप्त वर्षा नहीं हई है। कुछ

इलाकों में तो अकाल भी पड़ गया है। ऐसी स्थिति में नये कर लगाने ठीक नहीं हैं।"

"आप चाहते हैं कि हम प्रजा के साथ उदारता से पेश आएं और प्रजा विद्रोही बनती जाए!" महाराजा ने अकड़कर कहा, "प्रजा वह नीबू है जिसे जितना निचोड़ोगे, उतना ही रस देगा।"

"नहीं महाराजा, आप गलत सोचते हैं। अन्याय व अत्याचार की पराकाष्ठा विद्रोह को जन्म देती है। इंकलाब की चिनगारियां भड़काती है।"

"फिर हमारी सेना क्या घास काटती है? क्या वह प्रजा के विद्रोह को नहीं दबा सकती? क्या हमारे सैनिकों ने चूड़ियां पहन रखी हैं?"

शिवनाथ गंभीर होकर आकाश की ओर देखने लगा, जो सामने के बड़े वातायन से दिखाई पड़ रहा था। वह व्यथित स्वर में बोला, "महाराजा साहब, आप नहीं जानते कि जिन इलाकों में दुर्भिक्ष पड़ा है, वहां कितनी भयावह स्थिति है! लोग पेड़ों की छालें खा-खाकर मौत से लड़ रहे हैं।"

"तो क्या हुआ?"

"आप जिस ढंग से कह रहे हैं, उससे लगता है कि आपके लिए आदमी की ज़िन्दगी कुछ भी नहीं है।" दीवान भावुक हो गया, "महाराजा, बाजरी आपकी खा रहा हूं इसलिए हाज़िरी भी आपकी ही भरूंगा। परन्तु एक बात की ओर आपका ध्यान आकर्षित कर रहा हूं कि मनुष्य जानता है कि दिन जा रहा है और दिन जानता है कि मनुष्य जा रहा है। वस्तुतः आदमी ही दिनप्रतिदिन क्षीण होता है। इसलिए एक श्रेष्ठ राजा को अपने कर्तव्य को पूरा करना ही चाहिए।"

"नहीं।" महाराजा ने दृढ़ स्वर में कहा, "मेरा हुक्म है कि लगान की वसूली सदा की तरह की जाए।"

"मैंने आपके कहने पर स्याह को सफेद और सफेद को स्याह किया है।" पंडित ने हाथ जोड़कर निवेदन किया, लेकिन इस बार मैं आपकी सेवा नहीं कर पाऊंगा। मुझे वापस दीवान की जगह पुरोहित बना दीजिए।"

महाराजा अपमान की आग में जल उठा। आंखें तरेरकर बोला,

"पंडितजी!"

राजा ने महाराजा को शांत करके कहा, "यह ठीक कह रहे हैं। आखिर हैं तो ब्राह्मण ही। राज्य करना इनके वश का काम नहीं है। आप इस समस्या को मुझपर छोड़िए।"

"अच्छा पंडितजी, आपने बात अच्छी नहीं की है। पर आप मेरे गुरु हैं, इसलिए मैं आपको किसी तरह का कोई दंड नहीं देना चाहता ! आप जा सकते हैं।"

पंडित ने महाराजा के सामने हाथ जोड़े और चला गया। कुछ पलों तक महाराजा और राजा बुत बने खड़े रहे। फिर राजा ने सोचकर कहा, "इस पद के लिए मेहता खुशालचन्द को नियुक्त किया जाए।"

"जैसी तुम्हारी मर्जी।"

नये दीवान और रेवेन्यू मंत्री ने किसानों के साथ बड़ी बर्बरता का व्यवहार किया। भूख की भयंकरता इस सीमा तक पहुंच गई कि वेश्याओं ने पांच-पांच, दस-दस रुपये में छोकरियां खरीदीं। पर महाराजा और राजा को इस बात की कोई चिन्ता नहीं हुई। वे दोनों तो प्रजा की गाढ़ी कमाई को शराब व सुन्दरी पर उड़ा रहे थे।

इस बीच महाराजा और राजा ने एक-एक शादी और कर ली। शादी करने के बाद एक दिन उन दोनों ने महसूस किया कि विवाह करना बिलकुल बेकार है।

उस दिन वे दोनों शिकार करके लौटे थे। आते ही नई रानी और पूरानी रानी में आपसी संघर्ष हो गया। संघर्ष ने विकराल रूप धारण कर लिया। दोनों की पक्षधर डावड़ियों ने तलवारें तक निकाल लीं। यदि चेतकी आकर ड्योढ़ीदार को नहीं कहती और सैनिक आकर बीचबचाव नहीं करते तो भयंकर रक्तपात हो जाता।

महाराजा ने टूटे हुए स्वर में कहा, "शादी वाकई बरबादी है। जैसे दो बर्तन आपस में खड़कते हैं, वैसे दो औरतें भी अवश्य लड़ती हैं। फिर अधिकारों का संघर्ष ! मैं तो कहता हूं कि शादी की जगह नित नई छोकरी लाकर एक रात की रानी बनाया जाए। इससे बहुत-सी परेशानियों से बच जाएंगे।"

बात वज़नदार थी।

राजा को महाराजा की बात बहुत ही रुचिकर लगी। उसने कहा, "नरबदा को कुछ और कुटनियां दी जाएं। वैसे मेरे दिमाग में एक नया 'आइडिया' आया है।"

"क्या ?"

"एक नया टैक्स लगाया जाए।"

"क्या ?"

"चाम टैक्स।"

"मैं समझा नहीं!"

"आपकी अक्ल मोटी होती जा रही है। डियर, चाम टैक्स का सीधा मतलब है जो लड़की शादी करके आये, वह पहली रात हमारे साथ सोए, बाद में अपने पति के साथ। क्यों, 'आइडिया' बुरा है ?"

महाराजा खुशी में फूल गया। ज़ोर से हंसकर बोला, "मान गए तुम्हें ! क्या शानदार 'आइडिया' निकाला है ! यह काम अपने प्राइवेट सेक्रेटरी मनफूलसिंह को सौंपा जाए। उसे कहा जाए कि वह इसकी समुचित व्यवस्था करे। चारदीवारी के हर दरवाजे और शहर में विवाहों का ध्यान रखे।"

"पर इसमें पोल चलेगी।"

इस बार महाराजा ने नहले पर दहला मारा। वह बोला, "एक नया कानून बनाया जाए। उस कानून के अनुसार शादी के पहले राज्य सरकार से शादी की इजाजत ले। जो इजाजत नहीं लेगा, उसे दंड देने की व्यवस्था हो।"

राजा ने भी महाराजा की प्रशंसा करके कहा, "मान गये महाराजा ! क्या मज़बूत जाल डाला है !'

आज दोनों बड़े प्रसन्न थे।

चाम टैक्स का श्रीगणेश

चाम टैक्स की शुरुआत ज़रा हलके रूप से हुई थी, इसलिए प्रजा में उसकी कोई विशेष प्रतिक्रिया नहीं हुई; लेकिन पंडित शिवनाथ से यह

दुष्कृत्य छिपा नहीं रह सका। रियासत की बहू-बेटियां अन्नदाताओं की अपनी बहू-बेटियों जैसी मानी जाती रही हैं। उनके साथ इज़्ज़त का सलूक किया जाता रहा है, और यह महाराज...। उसका मन व्यथा और घृणा दोनों से भर गया।

उसे स्मरण हो आया—इसी कल्पनापुर में एक महाराजा हुआ करता था। नाम था—सूरतसिंह। अत्यन्त ही रणकुशल, योद्धा और धर्मपरायण। मान-मर्यादा के लिए रक्त की नदियां बहा देने वाला। सदाचार के लिए मर मिटने वाला। उसका एक पुत्र था। उग्रदेव। साधु-कुटम्बों में भी तो कंस पैदा होते हैं। महाराजा के स्वभाव के बिलकुल विपरीत था वह उग्रदेव।

महाराजा सम्पूर्ण रूप से वैष्णव था। न शराब पीता था और न परस्त्री को भोगता था। एकदम सादा जीवन। मर्यादाओं के . सख्त दायरों में उसका एक-एक पल बंधा हुआ था।

उसी उग्रदेव ने एक दिन नगर के एक प्रतिष्ठित व्यापारी सेठ की बेटी का अपहरण कर लिया। व्यापारी की बेटी रुकमणी देह और मन से कोई अप्सरा लगती थी। अंग-अंग से यौवन का रस छलक रहा था। वह चामुण्डादेवी के मेले में गई थी। उसकी मां उसके साथ थी। दोनों नदी में स्नान कर मंदिर की ओर जा रही थीं। तभी उग्रदेव आया। उसके साथ उसके पांच साथी थे। वह रथ पर सवार था। राजकुमार के आने के समाचार ने मेले के यात्रियों में भय उत्पन्न कर दिया।

उग्रदेव सीधा रुकमणी के पास गया। उसे भूखी नज़रों से देखने लगा। रुकमणी सूखे पत्ते की तरह कांप उठी। वह अपनी देह को अपने हाथों से छुपाने लगी।

उग्रदेव हंस पड़ा। एक राक्षसी हंसी। फिर वह रथ से नीचे उतरा। उसने रुकमणी का हाथ पकड़ा। रुकमणी ने ज़ोर के झटके से हाथ छुड़ा लिया। सेठानी ने दया की भीख मांगते हुए कहा, 'राजकूमारजी, मेरी बेटी को छोड़ दीजिए। इसका अगले माह विवाह है।'

'विवाह ? पहले इससे हम विवाह करेंगे, बाद में कोई और।'

वह वेदना-विगलित स्वर में बोली, 'नहीं अन्नदाता, नहीं, मेरी बेटी का जीवन खराब हो जाएगा। हमारी इज्जत मिट्टी में मिल जाएगी।'

उग्रदेव का धैर्य टूटा हुआ था। उसके अन्तर्लोक में वासना के नाग फत्कार रहे थे। उसने सेठानी को लात मारकर गिरा दिया। वह भू-लुंठित हो गई। रुकमणी ने अपने-आपको छुड़ाने की बड़ी चेष्टा की, पर वह सफल नहीं हुई। उग्रदेव उसे अपने रथ पर डालकर चल पड़ा।

मेले में आतंक छा गया।

संयोग से वह सेठ महाराजा सूरतसिंह का आत्मिक बंधु था। उसने जाकर महाराजा के पांव पकड़ लिए। उसने उसके चरणों में सिर पटक-पटककर अपनी आबरू बचाने की भीख मांगी।

महाराजा को क्रोध आ गया। बोला, 'इस नालायक का घोर पतन हो गया है। आज कुछ फैसला हो ही जाना चाहिए।' फिर उसने सेठ को आश्वासन दिया, 'सेठजी, आप ज़रा भी चिंता मत कीजिए। मैं आपकी बेटी को लेकर आ रहा हूं।'

राजा अपने चंद वीर सैनिकों के साथ घोड़ों पर सवार होकर चल पड़ा।

कल्पनापूर के दक्षिण में एक छोटी-सी झील थी। उस झील पर एक विलास भवन नाम की छोटी-सी गढ़ी थी। उसके चारों ओर सुन्दर फूलों का बगीचा था।

उग्रदेव की वासना का नंगा नाच वहीं पर होता था। महाराजा उस भवन की ओर चल पड़ा। जब वह विलास भवन पहुंचा तब उनदेव नशे में धुत था। उसके हाथ में निर्दयी दलालों वाला हण्टर था। रुकमणी रो रही थी। सुबक रही थी।

महाराजा ने आकस्मिक रूप से प्रवेश किया। उग्रदेव देखकर स्तंभित रह गया। महाराजा ने एक पल स्थिति को समझा।

उग्रदेव भागने लगा। तभी महाराजा ने अपने सैनिकों को आदेश दे दिया। उग्रदेव का घेराव कर लिया गया। उग्रदेव ने तुरन्त ही एक सैनिक की तलवार ले ली। कहा, 'मेरा रास्ता छोड़ दो वर्ना मैं तुम सब लोगों को यमलोक पहुंचा दंगा।'

महाराजा ने हुंक्म दिया, 'अच्छा तो यह होगा कि तुम चुपचाप अपने-आपको हमारे हवाले कर दो वर्ना...वर्ना आज तुम्हारी खैर नहीं।'

उग्रदेव अट्टहास कर उठा। फिर उसने एक झटके में एक सैनिक के पेट में तलवार भोंक दी। सैनिक चीखकर अचेत हो गया।

महाराजा का धैर्य जाता रहा। उसने तुरन्त धनुष-बाण चढ़ाया। एक तीर छोड़ दिया। तीर उग्रदेव की बांह पर लगा। वह तिलमिलाकर महाराजा पर टूट पड़ा। यदि एक सैनिक आड़े नहीं आता तो महाराजा सांघातिक प्रहार का शिकार हो जाता।

उग्रदेव के मुंह से महाराजा के लिए एक गंदी गाली निकल गई।

महाराजा को लगा कि उसके शरीर से कोई अंगारा चिपक गया है। उसने तलवार म्यान से बाहर निकाली। उग्रदेव ने दुष्टता से होंठों को फैलाकर कहा, 'महाराजा ! मेरे रास्ते में मत आइए...'

महाराजा ने बिजली की फुर्ती से कटार निकालकर उग्रदेव को निशाना बना दिया। उग्रदेव के मुंह से एक चीत्कार निकली। तभी महाराजा ने अपनी तलवार से उग्रदेव का सिर धड़ से अलग कर दिया। उग्रदेव का धड़ छिपकली की पूंछ की तरह कुछ क्षण तड़पा, फिर शांत हो गया।

महाराजा ने घृणा से उसपर थूक दिया, 'ऐसी कमीन संतान से तो निःसंतान रहना अच्छा। इस पापी की लाश को गिद्ध-कौवों के नोचने के लिए पहाड़ी पर फेंक दो।'

महाराजा ने रुकमणी को अपने साथ लिया। एक बार करुणाप्वालित हृदय से शीशे पर फैले अपने बेटे के रक्त को देखा। विलास भवन के पूरे कक्ष को दृष्टि में भरा।..."सोचने लगा—किस ऐयाश प्रेत ने इसका निर्माण कराया था ? न मालूम कितनी लाचार बहु-बेटियां विलास भवन के शीशों के फर्श पर फिसल-फिसलकर ग्लानि की पीड़ा भोगती रही होंगी और अंत में मर गई होंगी।

महाराजा ने हुक्म दे दिया, 'इस विलास भवन को नष्ट कर दिया जाए और इसकी जगह मंदिर बना दिया जाए।'

वहां मंदिर बना दिया गया, जो एक बार भू-स्खलन के कारण लुप्त हो

गया। ईश्वर की लीला भी बड़ी विचित्र है। पंडित शिवनाथ का मन मर्मान्तक वेदना से भर गया। उसे लगा कि क्या एक बार फिर कोई भयंकर विनाश होगा? मर्यादा का सीमातीत उल्लंघन विध्वंस लाता है। ये सब पापाचारी कुपरिणामों से टकराकर नष्ट हो जाएंगे।

पीड़ा की तरंगों से विदग्ध पं० शिवनाथ महाराजा के पास पहुंचा। मुजरा करके खड़ा हो गया। महाराजा बगीचे में बैठा-बैठा कोई अंग्रेजी उपन्यास पढ़ रहा था। कुछ देर तक तो उसने शिवनाथ की उपस्थिति पर ध्यान ही नहीं दिया। पंडित ने झुककर पुनः कहा, "खम्मा अन्नदाता नै।"

"आइए पंडितजी, आइए।" महाराजा ने पंडित को बैठने का संकेत किया, "विराजिए। फरमाइए, क्या हुक्म है ?"

"आपकी दया से दो रोटियां आराम से मिल जाती हैं।" पंडित बैठ गया। अपनी काजल-सी काली दाढ़ी पर हाथ फेरकर वह बोला, "सात गुनाह माफ हों तो एक छोटी-सी अर्ज करूं।"

"अर्ज क्यों, हुंक्म कीजिए।"

पंडित को लगा कि आज महाराजा बड़े ही प्रसन्न हैं। वह अब भी खड़ा था। बोला, "दीनानाथ ! मैंने सुना है कि आजकल आप नगर की हर दुल्हन को विवाह होते ही पहले अपने यहां बुलाते है।"

"तो क्या हआ ?"

"नगर की बहू-बेटी..."

महाराजा हंस पड़ा—खो-खो करता। लम्बे स्वर में बोला, "लग रहा है कि आपके किसीने कान भर दिए हैं।" परामर्शभरे स्वर में वह पुनः बोला, "पंडितजी, हम तो सबसे पहले अपने नगर की बहू को आशीर्वाद देते हैं। छोटे लोगों की बहुओं को ग्यारह रुपये। और बड़े लोगों की बहुओं को इक्कीस रुपये। यह कोई बुरी बात है।"

"यह कोई बुरी बात नहीं है, लेकिन...।"

"पंडितजी, आप सुख से सोइए। चिंता मनुष्य को असमय ही बूढ़ा बना देती है, जैसे आपको बना रही है। हम राज्य को चलाना जानते हैं।

क्या बहु होती है और क्या बेटी होती है, इसका हमें ज्ञान है, समझे?...'आप जा सकते हैं।"

शिवनाय भीतर ही भीतर रो पड़ा। उसे लगा कि उसके पांवों में भारी-भारी पत्थर बांध दिए गए हैं।

महाराजा ने राजा को यह बात बतलाई। राजा ने कहा, "यह पंडित कभी न कभी मेरी ठोकरों से अपना मुंह तुड़वाएगा।"

महाराजा ने उसे शांत करते हुए प्रसंग बदला, "डियर! इस चाम टैक्स और नरबदा के कारण नित्य नई छोकरी मिलने लगी

राजा ने किंचित् नाराज़गी से कहा, "हमें तो मित्र, जूठन ही खानी पड़ती है।"

महाराजा ने अचानक याद करके कहा, "मिस सिंगर आई थी। मुझे कह रही थी कि मैं अब सदा-सदा यहीं रहूंगी। मैं अपनी अंग्रेज़ जाति से एक अलग जीवन जीना चाहती हूं।"...राजा! वह कितनी सुन्दर है! तन्वी तन पर रूप-लावण्य की पवित्रता की दीप्ति मन को मोह लेती है।"

"वह अद्भुत है। उसे देखते ही मेरे मन में हज़ार उबाल आ जाते हैं।"

"मुझमें उसके रूप-यौवन के प्रति तीव्र ललक है, लेकिन क्यों ऐसा महसूस होता है कि इस मूर्ति को खंडित नहीं किया जाए।"

"तुम्हारे अन्दर कोई मूर्ख आदर्शवादी बैठा है। उसे मैं 'शैतान' कहता हूँ।"

"कुछ भी हो, मुझे वह अच्छी लगती है। उसे प्यार करने को जी चाहता है।"

तभी सोनकी ने प्रवेश किया। सोनकी ने आकर बताया, "एक बहुत ही जोरदार 'माल' लाई हूं।"

दोनों ने एक-दूसरे से गर्मजोशी से हाथ मिलाया और मुस्करा दिए।

वासना के सांप-बिच्छू

यह सिलसिला जितना व्यापक होता गया, प्रजा में उतना ही भय व्याप्त होता गया। कुछ लोग तो अपने बेटे की शादी करके नगर में घुसते ही नहीं थे। नगर के बाहर ही बाहर दूसरी रियासत या अंग्रेज़ों द्वारा प्रशासित प्रदेशों में चले जाते थे और एक-दो बच्चा होने के बाद लौटते थे। हां, जो दूल्हनें रूप-यौवन की साधारण होती थीं, उन्हें राजा-महाराजा अच्छी भेंट व नकद रुपये देकर विदा कर देते थे, जो इन दोनों को प्रजा में अच्छा बताती थीं, इन दोनों की प्रशंसा करती थीं।

और महाराजा व राजा का अत्याचार दिन-प्रतिदिन बढ़ रहा था। राजा के महल में यदि कोई दुल्हन नहीं आती तो वह उसे जबरदस्ती अपने महल में बुला लेता था। फिर उसकी बड़ी दुर्गत होती थी। उसे राजा नंगी करके नचाता था। एक रात खुद अपने पास सुलाकर उसे गोले और अन्य लोगों को सौंप देता था। कभी-कभी राजा विरोध करने वाली युवती को भयानक यंत्रणाएं देता था। उससे वह मर जाती थी। मरने के बाद उसकी लाश को नदी में फेंक देता था या अपने ही किले में गाड़ देता था। ऐसी अपराधी दुल्हनों को महाराजा भी राजा के पास भेजता रहता था। जो दुल्हन महाराजा को एक बार इनकार कर देती थी, उसे महाराजा तुरन्त राजा के पास भेज देता था—दंड देने के लिए।

एक दिन की बात है कि राजा ने एक बनिये की बेटी को गुलाबबाड़ी जाते हुए देखा। तुरन्त उसके यहां सिपाहियों को भेजा। वह पंसारी था। बहुत ही छोटा बनिया। सिपाहियों को देखकर कांपने लगा। आतंक से घिर गया। हाथ जोड़कर पूछ बैठा, "क्या बात है ?"

"तुम्हें राजाजी ने बुलाया है।"

"क्यों ?"

"हमें क्या मालूम ?"

बनिया पगड़ी बांधकर राजा किसन के सामने उपस्थित हुआ। राजा ने

कहा, "सेठजी, आप क्या करते हैं ?"

"मेरी पंसारी की छोटी-सी दुकान है।"

"हम आपको अपने नगर का खजांची बनाना चाहते हैं।" राजा ने कहा।

"खजांची?" बनिये की आंखें अंगारों-सी चमक उठीं।

"हां, सेठजी !"

"लेकिन क्यों?" मन की शंका को दबाकर उसने कहा।

"इसलिए कि आप बहुत ही ईमानदार हैं।"

बनिया खुशी में पागल हो गया।

राजा ने सेठ के सन्निकट आकर कहा, "सुना है, आपके एक बेटी है।"

"जी।"

"कंवारी है ?"

"जी नहीं, शादीशुदा।"

राजा की भृकुटियां तन गईं। कड़ककर बोला, 'कब शादी हुई ? किसके हुक्म से हुई ?"

बनिये का चेहरा पीला पड़ गया। हाथ जोड़कर बोला, "अन्नदाता, जब वह चार साल की थी, तब उसकी शादी हो गई थी। अब तो उसकी उम्र पन्द्रह साल की है। अगले साल उसका गौना होगा।"

राजा के होंठ सहसा सूख गए। वह अपनी पुतलियों को विचित्र ढंग से नचाकर बोला, "आज रात आपकी बेटी हमारे महल में रहेगी।"

"नहीं-नहीं, यह कैसे हो सकता है ? मुझे इस शर्त पर खजांची नहीं बनना है।"

राजा ने झाड़-फानूस पर नज़र जमाकर कहा, "तुम चाहे खजांची बनो या नहीं, पर तुम्हारी बेटी हमारे महल में आएगी।"

"यह अन्याय है।"

"इन सब शब्दों की हमारे सामने कोई कीमत नहीं है। तुम्हारी बेटी...।"

बनिया आखिर बनिया ठहरा। उसने समझ लिया कि इस वासना के कीड़े को समझाना कठिन ही नहीं, असंभव है। इसलिए वह विनम्र होकर

बोला, "अच्छा-अच्छा, मेरी लाडेसर आपके महल में आ जाएगी।"

राजा दुष्टता से हंसा। बोला, "वह जब महल में आएगी तब तुम बाहर जाओगे। राजा किसन ने कच्ची गोलियां नहीं खेली है।"

तुरन्त ही एक सिपाही भेजा गया। उसको राजा किसन ने कुछ आदेश दिए। उसने जाकर बनिये की बेटी कमला से कहा, "यदि तुम अपने बाप को ज़िंदा देखना चाहती हो तो तुरन्त मेरे साथ राजा किसनजी के महल में चली चलो। रथ बाहर खड़ा है।"

कमला की मां रोने लगी। वह सिर फोड़-फोड़कर बेहाल हो गई। कमला भी अपरिसीम वेदना से दग्ध होकर सुबक पड़ी। अन्त में मां के सुहाग को बचाने के लिए वह राजा किसन के महल में आ गई।

वह आकर राजा किसन के सामने खड़ी हो गई। शांत और निश्चल। उसने कहा, "मेरा बापू कहां है?"

बनिया आया। अपनी बेटी के गले मिलकर रो पड़ा, "तू यहां क्यों आई...क्यों आई...यह ज़ालिम..."

"सेठ का बच्चा!" राजा किसन गुस्से में लाल-पीला होकर उसकी ओर बढ़ा।

"शांत रहिए राजाजी!" कमला ने बड़े ही रुआब से कहा, "यह एक बाप है। जिस बाप की बेटी की इज्ज़त नीलाम होती है, उस बाप के हृदय के हाहाकार को आप नहीं समझ सकते। मैं आपके साथ रहूंगी। मेरे बापू को छोड़ दिया जाए।"

राजा किसन ने बनिये को छोड़ दिया।

रात हो गई।

चांदनी महल पर छिटक गई थी। राजा ने कमला को शयनकक्ष में चलने के लिए कहा। कमला ने कहा, "मैं कुछ देर तक चांदनी में घूमना चाहती हूं।"

"ज़रूर, ज़रूर।"

वे दोनों छत पर आ गए। कमला राजा से बातचीत करती रही। आखिर उससे पूछा, "इस पाप को करते हुए आप दोनों के दिल नहीं

कांपते ? आपने सैकड़ों अबलाओं का जीवन नरक बना डाला है। उनकी गृहस्थी इस कलंक को लेकर एक जलती हुई दोपहर हो जाती है। सारी उम्र वे अपने को पापिन समझकर जीती हैं। राजाजी! एक राजा अपनी रियाया का रखवाला होता है और तू..."

"ज़बान पर लगाम लगाओ।"

"और तू एक पिशाच है। पता नहीं, यह प्रजा किस ठंडी मिट्टी की बनी है कि तुम दोनों के अन्याय और अत्याचार को सह रही है वर्ना तुम दोनों को गोली से उड़ा देना चाहिए।"

"छोकरी !" राजा कमला की ओर लपका, पर कमला ने तुरन्त ही नदी में छलांग लगा दी।

राजा किसन से यह दर्दनाक दृश्य देखा नहीं गया। उसने अपनी आंखें बन्द कर लीं।

नरबदा को इस घटना का पता चला। वह सीधी महाराजा के पास गई। उसने महाराजा को नमक-मिर्च लगाकर सारी बातें बताई। इसका एक कारण और भी था। राजा किसन ने नरबदा का तीन-चार बार अपमान किया था। एक मोतियों का हार देने का वायदा करके मुकर गया था। इससे वह राजा से रुष्ट थी और उसे महाराजा से ज़लील कराना चाहती थी। यह मौका अच्छा था। उसने महाराजा के कानों को अच्छी तरह भर दिया।

महाराजा ने गंभीरतापूर्वक गर्दन हिलाकर कहा, "इधर राजा हमसे बदल रहा है। उसने इन दिनों कई छोकरियों को हमारे पास पहले भेजने की बजाय अपने पास रख लिया।"

"राजा किसनजी की नीयत मुझे अच्छी नहीं लगती। आप ही देखिए कि कमला..."

"राजा को बुलाया जाए।"

राजा किसन आया। उसने महाराजा को नमस्कार किया। नरबदा खिसक गई।

महाराजा ने राजा को शिकायत की। राजा तुरन्त समझ गया कि

नरबदा ने कान भर दिए हैं। वह बोला, “यह कोई ऐसी बात नहीं है महाराजा कि मुझे इसी पल बुलाया जाए।”

“क्यों नहीं ? क्या हम महाराजा होकर बासी रोटियां खाएंगे?”

“औरत बासी कहां होती है ! जब तक उसके अंगों में रूपयौवन समाया रहता है, तब तक वह हर दिन ताज़ा गुलाब रहती है।” राजा ने संयत स्वर में कहा, “महाराजा साहब, जो महाराजा औरतों की बातों में आ जाता है, वह कभी न कभी अपने प्रियजन का अहित कर देता है। मैं उस रंडी की चालाकी को जानता हूं।”

“और अपनी गलती नहीं मानोगे?” महाराजा ने ताड़नाभरे स्वर में कहा, “तुम्हें यह सोचना चाहिए कि हमने तुम्हें क्या से क्या बना दिया है। तुम हमारे राज्य में जो करते हो, वह हमें स्वीकार होता है। हम तुम्हें अपना छोटा भाई समझते हैं। यदि तुम हमारे और अपने बीच के समझौतों को तोड़ोगे, अण्डरस्टैंडिंग को बनाए नहीं रखोगे तो भला हमारी मित्रता कैसे अमर रह सकती है !”

राजा महाराजा के बदलते हुए स्वर का मर्म-अर्थ समझ गया। उसने तुरन्त पांव पकड़कर क्षमा मांग ली। राजा को अपने चरणों में पड़ा देखकर महाराजा गद्गद हो गया। उसे उठाकर गले से लगा लिया, “यह क्या कर रहे हो राजा? मुझे शर्मिंदा मत करो।”

थोड़ी ही देर में वातावरण बहुत ही हलका हो गया। जब राजा ने समझ लिया कि महाराजा के मन का मैल साफ हो गया है, तब उसने एक सुझाव रखा, “डियर, इस समस्या का हमें एक स्थायी हल खोज लेना चाहिए।”

“किस समस्या का?”

“इसी ताज़ी-बासी का।”

“उसका क्या समाधान हो सकता है ?” महाराजा ने राजा की ओर घरकर देखा।

“यदि मैं आपको कोई शानदार समाधान बताऊं तो आप मुझे क्या पुरस्कार देंगे ?”

“यह राज्य दे दूं?”

"राज्य नहीं।"

"फिर?"

"आप भविष्य में मुझपर शक-शुबहा नहीं करेंगे। दूसरों की बातों में आकर मेरे बारे में गलत नहीं सोचेंगे।"

"प्रॉमिस।"

"थैंक्यू माई लार्ड !" राजा किसन ने महाराजा की ओर आदर-भाव से देखा। कहा, "हम दोनों को जातियां बांट लेनी चाहिए।"

"मतलब?"

'मतलब साफ है। लुहार की दुल्हन मेरी तो सुनार की दुल्हन आपकी। धोबी की मेरी तो छीपे की आपकी। इसी तरह सारी जातियों को हम बांट लें। फिर कभी झगड़ा नहीं होगा।"

"वाह राजा ! वाह ! ! क्या हल निकाला है ! देखो डियर, जातियों को बांटने का काम भी तुम करो, पर बहत ही ईमानदारी से। कहीं काली-काली जातियां मेरे हिस्से में डाल दो। मलाई-मलाई सब तुम खा जाओ और छाछ मेरे हिस्से..."

"नहीं महाराजा !" राजा ने श्रद्धा से अभिभूत होकर कहा, "मैं भला ऐसी गुस्ताखी कभी कर सकता हूं? आपने मेरे जैसे धूल के कण को आकाश का चमचमाता तारा बना दिया है। मेरी तो इच्छा है कि मेरी मौत के बाद मेरी चमड़ी आपकी जूतियों के काम आए।"

महाराजा इस बात से बड़ा ही प्रसन्न हो गया। इसके बाद उन दोनों कामातुर व्यक्तियों ने वासना और यौन विकृतियों की जो क्रीड़ाएं कीं, वे रियासत के इतिहास में गंदगी के ढेरों की तरह बिखरी पड़ी हैं।

आंगन : एक कब्रगाह

दोपहर हो गई थी।

महाराजा ने राजा को बुलाया। राजा अफीम की पिनक में था। तो भी वह महाराजा के आदेश पर उसके महल में गया। जुहार की। पूछा, "क्या हुक्म है महाराज ?"

"डियर, तुम मुझे अब महाराज मत कहा करो...तू तो मेरा न जाने क्या है ! अवश्य ही हम पूर्वजन्म में जुड़वां भाई थे।"

"इसमें शक की गुंजाइश भी नहीं है। " राजा ने झट से कहा, "आज बहुत खुश नज़र आ रहे हैं ?"

"फिर आप !"

"चलो, तुम।"

"बात यह है कि कल एक सुनारिन आई थी। बड़ी चालाक और पुष्ट काठी वाली युवती थी। इतना आनन्द दिया कि तुम्हें बता नहीं सकता। मैं उसे महल में रखना चाहता हूं।"

"फिर तुम गलती कर रहे हो ! गले बांधने के झंझट में बिलकुल मत पड़ो। हमारी जनानी ड्योढ़ी में जितनी अधिक स्त्रियां होंगी, उतनी अधिक समस्याएं पैदा होंगी।"

तभी एक डावड़ी ने आकर कहा, "अन्नदाता नै खम्मा, रोनाल्ड साहब मिलना चाहते हैं।"

"हम उधर ही चलते हैं।" महाराजा तुरन्त अपने बनावटी रूप में आ गया। वह सीधा मंत्रणा-कक्ष में गया, जहां रोनाल्ड उसकी प्रतीक्षा कर रहा था। राजा भी उसके साथ था।

अभिवादन की औपचारिकता निभाकर महाराजा ने पूछा, "पहाड़ी लोगों के विद्रोह का क्या हुआ?"

रोनाल्ड ने कहा, "ये पहाड़ी लोग बड़े ही बहादुर होते हैं। कमाल के तीरकमान चलाते हैं।"

"आप उनकी तारीफ कर रहे हैं या..."

"यस-यस, मैं उनकी तारीफ कर रहा हं। सही बात कहनी ही चाहिए। वे लोग बड़े ही कर्तव्यनिष्ठ हैं। लेकिन हमारी सेना ने उनके घुटने टिकवा दिए हैं। सब कुछ शांत हो गया है। विद्रोह की आग ठंडी राख में बदल गई है।"

"धन्यवाद मिस्टर रोनाल्ड, धन्यवाद !"

"लेकिन अब हम यहां नहीं रहेंगे। हम बंगाल जाएंगे।"

"क्यं?"

"हम यहां बोर हो चुके हैं।"

महाराजा उदास हो गया। रोनाल्ड सैल्यूट मारकर बाहर निकल गया।

इसी बीच राजा का बुलावा आ गया। राजा तुरन्त ही अपने महल के अगाड़ी पहुंचा। महल के तोरण द्वार पर एक बग्घी खड़ी थी। वह समझ गया कि कोई नई कबूतरी आई है। वह शीघ्रता से कदम उठाकर महल में पहुंचा। डावड़ी ने बताया, "राजाजी की जय, इन दोनों दूल्हा-दुल्हन को आशीर्वाद दीजिए।"

राजा आहिस्ता-आहिस्ता उन दोनों के पास आया। वह खलनायक-सा लग रहा था। संदेह का तीर दूल्हा के सीने में चुभ गया।

राजा ने झट से कहा, "इस दूल्हे को मोतीचूर के ज़ायकेदार लड्डू खिलाओ।"

दूल्हा राजा के सम्मान में खड़ा हो गया था। राजा ने उसकी तलवार निकालकर पूछा, "यह तलवार कहां की बनी है ?"

"पता नहीं।"

"मतलब?"

"यह हमारी खानदानी तलवार है, जिसका उपयोग विवाह में होता है।"

'अच्छा, कितनी पानीदार है यह तलवार?" ।

उसने तलवार को एक ओर रख दिया। तभी डावड़ी मोतीचर के लड्डू एक चांदी के थालकिये (छोटी थाली) में लेकर आ गई। राजा ने कहा, "खाओ, खाओ...'

दूल्हा लड्डू खाने लगा। दुल्हन ने भी मुंह जूठा किया। इसके बाद राजा ने दूल्हा को हुक्म दिया, "आप बाहर बैठिए।"

"क्यूं ?"

"क्यूं क्या होता है ? हमारा हुक्म है !"

दूल्हा के चेहरे का रंग बदल गया। वह कड़ककर बोला, "जो कुछ भी करना है, मेरे सामने करिए।"

राजा दुष्ट आदमी की तरह अब भी शांत-संयत था। वह बोला, "जो

मैं हुक्म देता हूं, उसका पालन करो।"

"यह नहीं हो सकता।" दूल्हा ने दृढ़ता से कहा, "राजाजी, मैं भी किसी गोली का जाया नहीं हूं। मैंने भी असली क्षत्राणी का दूध पिया है।"

"तो तुम क्षत्राणी के दूध का चमत्कार बताना चाहते हो?"

राजा उसकी ओर बढ़ा, "तुम्हारे सिर पर 'काल' मंडरा रहा है"

"काल ?" दूल्हा झटके के साथ उठ ख़ड़ा हुआ। उसकी आंखों में रक्त के डोरे उतर आए।

राजा ने आवाज़ लगाई, "जीवनसिंह !"

तुरन्त ही चार आदमियों ने आकर दूल्हे का घेराव कर लिया। राजा ने कहा, "इस मादरकाढ़ को आंगन के खम्भे से बांध दो। यह 'गोला' मुझे आंख दिखाता है।"

दुल्हन जो अभी तक निर्जीव प्रतिमा की भांति बैठी थी, उसमें स्पंदन हुआ। उसकी चूड़ियां खनक उठीं। उसकी पायल रुनझुन की ध्वनि कर उठी।

राजा की आंखें उसके गोरे पांवों को देखकर चमक उठीं। सूखे होंठों पर सांप की जीभ की भांति उसकी जीभ फिसल गई।

राजा ने उसंको ताड़ना दी, "ओ गोले की औलाद, या तो तू हमसे माफी मांग ले वर्ना मैं तुझे जिंदा ज़मीन में गड़वा दूंगा।"

"मैं तेरे मुंह पर थूकता हूं।" कहकर उस दूल्हे ने सचमुच थूक दिया।

राजा भड़क उठा। उसने हुक्म दिया, "इस कमीन के मुंह पर पचास जूते लगाओ।"

इस बार दुल्हन ने अपना मौन भंग कर दिया। उसने अपना घूंघट अभी तक नहीं हटाया था। उसने राजा के पांव पकड़ लिए, "नहीं अन्नदाता, इन्हें माफ कर दीजिए। इनका चित्त ठिकाने नहीं है। ऐसी स्थिति में किसीकी भी मति मारी जा सकती है।"

"हमारा हुक्म वापस नहीं होता।"

इस बीच जीवनसिंह और तीन आदमियों ने अपने जते खोल-खोलकर दूल्हे के मुंह पर मारने शुरू कर दिए। जूतों की सटाकसटाक में गिनती स्पष्ट

सूनाई पड़ रही थी। पचास के साथ सन्नाटा छा गया। दूल्हे की नाक से खून बहने लगा। वह लगभग अचेत हो गया।

दुल्हन विकलता की चरम सीमा को स्पर्श कर गई थी। अभिभूत-सी वह कराहने लगी। उसका घूंघट हट गया।

दुल्हन की गुलाबी आकृति पर रूप की एक अद्भुत छटा। यह घटा करुणा की अलौकिक छुअन से पिघलकर एक दैविक दीप्ति बिखेर रही थी। दुल्हन ने हाथ जोड़कर कम्पित स्वर में कहा, "बस करिए अन्नदाता, मैं आपके हर हुक्म को सिर-आंखों पर रखंगी। मेरे मोट्यार (पति) को छोड़ दीजिए... अन्नदाता... ।"

राजा ने उसका हाथ पकड़ा। उसे महल में ले आया। सहलाने लगा। फुसफुसाने लगा। उसकी संगमरमरी देह पर अपने हाथों के सांपों को फिसलाने लगा। फिर उसे पलंग पर खींच लिया। शराब के प्याले वह अपने गले में उतारने लगा।

एक डावड़ी चिकन ले आई। राजा उसको देखकर आगबबूला हो गया। बोला, "ओ हरामज़ादी, इस रंगमहल में तुम कपड़े पहनकर क्यों आई हो?"

"भूल गई अन्नदाता !"

"भूलने की बच्ची ! रांड के शरीर पर जलते-जलते 'डांभ' चिपकवा दूंगा।"

डावड़ी ने चपलता से अपने वस्त्र उतार दिए। वह भी सुन्दर थी।

"तेरा नाम क्या है ?" राजा ने डावड़ी को जाने का इशारा करके उस दुल्हन से पूछा।

"जेतूड़ी।"

"नाम बहुत चोखा है।" फिर बोला, "देख, मैं तेरे धणी (पति) को छोड़ दूंगा। उसे छोटी-मोटी जागीर भी दिलवा दूंगा, पर तू अपने मुंह को फूल ज्यू खिला दे।...दारू पिएगी?"

"जी नहीं।"

"फिर 'नहीं' !" राजा ने अपना स्वर बदला।

"हां-हां।"

'शाबाश !" राजा ने उसके कंधे पर हाथ रखा। वह हाथ अंगिया के

बंद के पास चला गया। राजा ने उसे एक प्याला नहीं, तीन प्याले शराब के पिला दिए। जेतूड़ी उन्मत्त-सी हो उठी...

इसके बाद जेतूड़ी महाराजा के पास गई। महाराजा ने जेतूड़ी को देखकर राजा की बड़ी ही प्रशंसा की। उसने कहा, "भायला (मित्र) हो तो ऐसा। क्या शानदार चीज़ भेजी है !"

महाराजा ने अपनी हवस पूरी कर ली। इसके बाद महाराजा को क्या सूझा कि उसने राजा को बुलाने के लिए आदमी भेज दिया।

जेतूड़ी ने कपड़े पहनते हुए कहा, "अन्नदाता, अब मुझे जाने दीजिए। मेरा मोट्यार मेरी प्रतीक्षा कर रहा है। मुझपर दया कीजिए माई-बाप !"

महाराजा ने दारू का एक गिलास और खाली कर दिया। वह हंस पड़ा। बोला, "अब तू और तेरा मोट्यार यहीं पर रहेंगे।"

"नहीं अन्नदाता, हमें जाने दीजिए।"

"चली जाना, चली जाना।" महाराजा ने उसकी पीठ पर हाथ रखा।

तभी राजा आ गया।

महाराजा ने राजा से कहा, "राजा ! हमने चीजें बहुत चखी हैं, पर इतनी मीठी चीज़ नहीं चखी। आज तो हम जी भरकर आनंद लेंगे।"

जेतूड़ी ने रोते हुए कहा, 'मुझे जाने दीजिए माई-बाप, मैं आपके सामने पल्ला बिछाती हूं।'

महाराजा ने उसकी बात को अनसुनी करके डावड़ी से कहा, "महल का दरवाज़ा बंद कर दो। इधर कोई भी न आने पाए। यदि कोई आ गया तो हम तेरी बोटी-बोटी काटकर चील-कौवों को खिला देंगे।"

डावड़ी जल्दी से बाहर निकल गई।

राजा और महाराजा पलंग पर सो गए। बीच में थी—भयभीत हरिणी-सी जेतूड़ी।

यौन का उन्माद ! विकृतियां !

जेतूड़ी ने रोते-रोते उत्तेजनाओं के पलों में बार-बार अपने पति का नाम लिया। महाराजा ने तुरन्त ही जालिमसिंह को बुलाया।

जालिमसिंह हाज़िर हुआ। उसका चेहरा एक क्रूरता से ढका था। उसके होंठ अजीब ढंग से फैले हुए थे, जिससे उसकी आकृति की हिंस्रता बढ़ गई थी।

"हक्म सा!"

"इसका पति राजाजी के महल में है। उसे तुरन्त छोड़ दो। कह दो कि तुम्हारी लुगाई अब सदा-सदा के लिए इस महल में ही रहेगी।"

"नहीं-नहीं, मैं यहां नहीं रहूंगी।"

महाराजा ने उसके बाल पकड़कर कहा, "अपने खसम की खैरियत चाहती है तो चुपचाप पड़ी रह, वर्ना..."

'नहीं-नहीं, मेरे मोट्यार को कुछ भी मत कहिएगा। वह बहुत ही सीधा-सादा मिनख है।"

राजा ने जालिमसिंह को आंख मारकर कहा, "आंगन में ही उसे सुलाना। उसे कोई कष्ट नहीं होना चाहिए। बड़ी शांति से आराम कराना।"

जालिमसिंह चला गया।

जेतूड़ी को पागलपन सवार हो गया था। उसने बेशुमार शराब पीकर अपने को अचेत कर लिया।

दो दिन बीत गए। उसने बार-बार महाराजा से प्रार्थना की कि वे उसे उसके पति से मिला दें। एक दिन तो उसने सबके सामने महाराजा के पांव पकड़कर चिल्ला-चिल्लाकर कहा, 'माई-बाप, मुझे मेरे पति से मिला दीजिए। उसके दर्शन करा दीजिए।"

तब महाराजा ने अपनी नशे से बोझिल पलकों को उठाकर कहा, "सुगनी! जा इसे जालिमसिंह के पास ले जा। यह अपने पति से मिलना चाहती है।"

वह उसे जालिमसिंह के पास ले गई। जेतूड़ी ने हाथ जोड़-जोड़कर प्रार्थना की। जालिमसिंह ने उसे कुछ नहीं कहा। हाथ पकड़कर राजा के महल के उस विशाल आंगन में ले आया, जिसके बीचोबीच नहर बहती थी। उस आंगन में बड़े-बड़े चौकोर पत्थर लगे हुए थे। उसने कुदाल से दो पत्थर हटाए।...उनके नीचे जेतूड़ी के पति का शव था। जेतूड़ी दहशत से चीख पड़ी और अचेत हो गई। जालिमसिंह ने कहा, "इस आंगन में स्त्री-पुरुषों की कई लाशें हैं। राजा-

महाराजा की बात न मानने वालों की यही दुर्गत होती है।"

जेतूड़ी पत्थर की देवल हो गई। उसने गहरा मौन धारण कर लिया। राजा-महाराजा उसे मना-मनाकर हार गए, पर-वह ज़िन्दा लाश की भांति अपनी कोठरी में बैठी रहती थी। रात के शांत पहरों में वह कई बार आत्महत्या करने के लिए ऊपरी हिस्से पर गई, पर किसी अज्ञात भय और लालच से वह आत्महत्या नहीं कर सकी। वह आत्महत्या क्यों नहीं कर सकी, इसका विवेचन वह खुद भी कभी नहीं कर पाई। वह उस आंगन में कभी नहीं चलती थी जिसमें इन नरपिशाचों के अमानुषिक अत्याचारों के शिकार दफन किए गए थे। तब उसे लगता था कि वह प्रेतात्माओं पर चल रही है या उन इन्सानों पर चल रही है जो अब भी धीमे-धीमे सांस ले रहे हैं। अत्यन्त ही पीड़ित मन:स्थिति थी उसकी।

उसने अपने-आपको परिस्थितियों के हाथों में सौंप दिया था। वह किस अंत से टकराएगी, वह नहीं जानती थी। इन दैत्यों के बीच उसका कल क्या होगा, वह उसका अनुमान नहीं लगा पाती थी।...पर इतना अवश्य जानती थी कि एक दिन ऐसा भी आएगा, जब कोई देवता जागेगा, जब कोई देवी चिन्मय होगी...अपना खड़ग-खप्पर धारण कर वह यहां आएगी और इन दोनों शैतानों को तड़पा-तड़पाकर मारेगी...इनकी बोटी-बोटी काटकर गिद्धों को खिलाएगी। इनके रक्त से अपनी प्यास बुझाएगी। अपना कलेजा शांत करेगी।

और जेतूड़ी प्रेतात्मा-सी जी रही थी—राजा के महल में। सभी लोग जानने लग गए थे कि एक दिन यह पागल हो जाएगी।

रोनाल्ड की विदाई

रोनाल्ड का विदाई-समारोह बड़ी धूमधाम से हुआ। उसमें नगर के प्रतिष्ठित व्यक्ति आए थे। उसमें उत्तरी भारत के अफसरों की बीवियां भी सम्मिलित हुई थीं। शराब, शाकाहारी और मांसाहारी भोजन की व्यवस्था थी।

उसमें पंडित शिवनाथ भी उपस्थित था। वह काफी गंभीर था और बहुत ही कम बातचीत कर रहा था। रोनाल्ड पंडित का सम्मान करता था।

जब पंडित ने उसे माला पहनाई, तब उसने पंडित के हाथों को मजबूती से पकड़कर ‘थैंक्यू, थैंक्यू मिस्टर पुरोहित’ कहा।...पूछा, “आप कैसे हैं ? इधर आप दिखाई ही नहीं दिए।”

पुरोहित ने विनम्र शब्दों में कहा, “मैं बीमार हूं। तन से नहीं, मन से। सर ! यह जीवन विचित्र रोगों से ग्रस्त है। आदमी किस रोग का शिकार हो जाएगा, यह कोई नहीं जानता।”

“आप तो दार्शनिक हो गए हैं ?”

“नहीं सर, मैं बहुत साधारण आदमी हूं।”

“आपसे एक व्यक्तिगत निवेदन है कि मेरी बेटी का आप खयाल रखिएगा।” रोनाल्ड के स्वर में प्रार्थना थी।

“क्या वह आपके साथ नहीं जा रही है ?” विस्मय से पूछा पुरोहित ने।

“जी, वह मेरे साथ नहीं चल रही है। उसे इस रियासत की नदी, पहाड़ और रेत सब कुछ भा गए हैं। वह बहुत ही भावुक है।”

“आप कोई चिन्ता न करें।” पुरोहितने उसे आश्वासन दिया, “वह आपकी ही बेटी नहीं, मेरी अपनी बेटी भी है। मैं उसकी सुखसुविधाओं का ध्यान रखूंगा।”

रोनाल्ड भावाभिभूत हो गया।

सिंगर की जुदाई का उसे गम था। सिंगर वहां की नारियों में तन्मय थी। भांति-भांति की बातें हो रही थीं। कहकहे लग रहे थे।

राजा अपने मंत्रियों में मशगूल था। वह शराब का घूंट लेकर अपने एक मंत्री से पूछ रहा था, “ठाकुर सा, आजकल चेहरे पर मांस चढ़ रहा है।”

“आपकी कृपा से !”

“समझा।”

“आपसे क्या छिपा है।” उस मंत्री ने विनम्र होकर कहा, “हमारे महाराजा को तो अपने खज़ाने की चिन्ता है और उनका खज़ाना भगवान की दया से सदा भरा रहता है।”

मेहता दीवानचंद किसी सामन्त से आहिस्ता-आहिस्ता वार्तालाप कर रहा था। राजा वहां भी पहुंच गया। दीवान ने झुककर जुहार की, “कोई

हुक्म कीजिए राजाजी!"

राजा ने मुसकराकर कहा, "आप दिल्ली की यात्रा कब कर रहे हैं ?"

"क्यों?"

"मुझे कुछ सजावट का सामान मंगवाना है।"

"आप हुक्म कीजिए, मैं ले आऊंगा।"

राजा ने सिंगर को देख लिया था। बात को खत्म करते हुए बोला, "मेहताजी, जाने से पहले ज़रूर मिलकर जाइएगा।"

"हुक्म सा !"

सिंगर आ गई थी। उसने मुसकराकर अभिवादन किया। राजा का वासना का सांप जाग उठा। उसकी निगाह सिंगर को पुष्ट देह पर स्थिर हो गई।

"क्या देख रहे हैं?"

'आपको।...मैं सोचता हूं कि आप कोई अप्सरा हैं जो देवताओं से नाराज होकर यहां आ गई हैं।"

सिंगर मुसकरा पड़ी।

"आपकी मुसकान में पवित्रता है।"

उसकी मुसकान फैल गई।

राजा ने फिर कहा, 'मैंने सुना है कि आप यहीं पर रहेंगी। एक अलग तरह का जीवन जीना चाहती हैं। लेकिन क्यों? हम काले लोग हैं जिन्हें आपका समाज घृणा करता है।"

सिंगर ने अपने हाथों की उंगलियों को उलझाकर कहा, "मैं तो नहीं करती हूं। मैं सारे हिन्दुस्तानियों को प्रेम करती हूं। ये लोग सच्चे, कर्तव्यनिष्ठ और विश्वासी होते हैं। भावना से बंधते हैं और बंधकर अलग नहीं होते, टूट बेशक जाते हैं।"

इसी बीच एक नौकर ने आकर सिंगर से कहा, "आपको साहब बुला रहे हैं।"

सिंगर राजा से क्षमा मांगकर चली गई। रोनाल्ड ने कहा, "डालिंग ! तुम महाराजा साहब की मेहमान रहोगी। उनके पास ही उनके किले में रहोगी।"

सिंगर ने गहरी अपनत्वभरी दृष्टि से महाराजा को देखा। महाराजा ने एक विशेष अन्दाज़ में अपना सिर झुका दिया मानो वह कह रहा हो कि आपको यहीं पर रहना है मिस सिंगर।

सिंगर ने स्वीकृति दे दी।

महाराजा अपनी मूंछों पर ताव देने लगा। रोनाल्ड और उसकी पत्नी बहुत उदास थे। उनकी इच्छा भ्रमण करने की थी। इसलिए वे अपने साथ कई वीर और विश्वासी बन्दूकधारी ले जाना चाहते थे।

नगर के परकोटे के बाहर सेना के अधिकारी, सामन्त, उमराव, मंत्री और पदाधिकारी, राजा, महाराजा और पुरोहित उपस्थित थे।

रोनाल्ड का हृदय भर आया था। पुरोहित ने रोनाल्ड की प्रशंसा करके पूछा, "सर, मुझे आजकल हर घडी बेचैनी रहती है। मैं किसी अंग्रेज़ डाक्टर को दिखाना चाहता हूं।"

"दिल्ली में एक पियर्सन नाम के डाक्टर हैं। आप उनके पास जाइए। मेरा हवाला दीजिए। वे मेरे क्लासफैलो रह चुके हैं।"

पुरोहित आश्वस्त हो गया।

रोनाल्ड रथ पर सवार होने लगा। उसी बीच उसका भील नौकर मंगलू आ गया। काला-कलूटा मंगलू व्यथाभिभूत-सा खड़ा था। उसने लपककर मिसेज़ व मिस्टर रोनाल्ड के चरणस्पर्श किए।

"साब, साब, मुझे आप अपने साथ ले चलिए। मैं आपसे अलग नहीं रह सकता।"

रोनाल्ड ने उसे उठाकर छाती से लगा लिया। कहा, "मंगलू, धीरज रखो। मैं न जाने कहां-कहां जाऊंगा। बहुत लम्बी यात्रा है—दुख-बाधाएं हैं, कष्ट और संकट भी आएंगे...तुम..."

"नहीं, मैं तो आपके साथ ही चलूंगा। मेरा इस पृथ्वी पर कोई नहीं है। इधर आपको अपना बनाया था और आप..."

वह ज़िद करके बैठ गया। तभी राजा ने उसके घुटनों पर एक ज़ोर की ठोकर मारकर कहा, "जंगली कहीं का! कुछ समझता नहीं।"

मिसेज़ रोनाल्ड के तेवर बदल गए। राजा को डांटते हुए वह बोली, "राजा किसन, इस गरीब के साथ आपको ऐसा व्यवहार नहीं करना चाहिए। यह बहुत दुखियारा और अभागा है। इसके मां-बाप को बचपन में शेर खा गए थे। किसीका स्नेह, प्यार और अपनापन नहीं मिला। एक अकेला जीवन। नीरस और कठोर। ऐसे दुखी प्राणी के प्रति इतना कठोर व्यवहार नहीं करना चाहिए।"

रोनाल्ड ने अपनी बेटी को पुकारा। सिंगर उसके पास आकर प्रश्नभरी दृष्टि से उसे देखने लगी।

रोनाल्ड ने आज्ञा दी, "सिंगर, यह मंगलू आज से तुम्हारे पास रहेगा।"

"अच्छा पापा !"

तब तक मिसेज़ रोनाल्ड अपने-आपमें खोई हुई सी खड़ी थीं। निश्चल और निर्वाक। सिंगर ने धीरे-धीरे अपनी बांहें उनकी ओर फैला दीं। मिसेज़ रोनाल्ड ने उसे मजबूती से अपनी बांहों में भर लिया। मिसेज़ रोनाल्ड ने भरे हुए गले से कहा, ''मुझे तुम्हें अकेला छोड़ते हुए बड़ा दुख हो रहा है। यहां के लोग हमारे लिए अजनबी हैं। इनके साथ जीवन-भर कैसे निर्वाह होगा?"

"मम्मी, ये भारतीय अजीब जीवन-मूल्य लेकर जी रहे हैं। इनका प्रेम, शौर्य और घृणा सभी कुछ चरम सीमा पर होता है।... तुम तो जानती ही हो कि राबर्ट से प्रेम करके, उसे सब कुछ समर्पित करके मुझे क्या मिला? उसने मेरे सामने दूसरी लड़की से विवाह कर लिया।...मम्मी, मैं तुम्हें सच कहती हूं कि मुझे यह सब कुछ भी अच्छा नहीं लगता। बकवास लगता है। जहां सम्बन्धों की इतनी मामूली सार्थकता हो, वहां कैसे कोई शांति से जी सकता है ! और ये काले लोग...? मम्मी, मैंने इनमें ऐसी विधवाएं और तपस्वी देखे हैं जो सम्बन्धों की रक्षा के लिए मर-मिट जाते हैं। ऐसे नायक और नायिकाएं अध्ययन के सिलसिले में जानने को मिले हैं जिन्होंने प्रेम व दूसरे सम्बन्धों के लिए सर्वस्व विसर्जित कर दिया। यहां सम्बन्धों की उम्र लम्बी होती है।"

मिसेज़ रोनाल्ड ने अपने शब्दों पर जोर देकर कहा, "लेकिन तुम यहां करोगी क्या ?"

"मैं स्कल खोलूंगी। इन पहाड़ियों के बीच एक छोटा-सा स्कूल.. इन

काले बच्चों को पढ़ाऊंगी।"

"उम्र-भर?"

"हां।"

"कंवारी रहकर ?"

"ऐसा मैं नहीं कह सकती। मन का क्या भरोसा? कोई ऐसा विचित्र पल भी आ सकता है जो मुझे एकदम बदल दे।"

रोनाल्ड ने अपनी पत्नी को पुकारा।

सिंगर का भावुक मन पिघल गया। उसकी आंखों में मोतियों के समान कुछ अश्रु-बूंदें चमक आईं।

धीरे-धीरे रोनाल्ड का काफिला चल पड़ा। तंग पहाड़ी घाटी में। देखते-देखते सब कुछ ओझल हो गया। शेष रह गया धूल का बादल। गुब्बार।

रोनाल्ड चला गया। सेना के सुप्रबन्ध की एक नई व्यवस्था को छोड़कर। वह कर्तव्य निभाने में जितना क्रूर, कठोर था, व्यक्तिगत जीवन में वह उतना ही कोमल और उदार था। उसने जिसे प्यार किया, उसपर अपनी कृपा का खज़ाना लुटा दिया और जिसे अपराधी पाया, उसे तन, मन और धन से अपाहिज बना दिया।

नरबदा द्वारा आत्महत्या

जेतूड़ी प्रेतात्मा की भांति किले में घूमा करती थी। सारी-सारी रात वह किले की सबसे ऊंची छतरियों वाली छत पर खड़ी रहती थी और नदी के भीषण प्रवाह को देखती रहती थी। जब महाराजा का बुलावा आता था तब वह चली जाती थी। महाराजा उसे हर बार बहुमूल्य उपहार देता था। वह सुबह ही किले की देवी का दर्शन करके अपनी कोठरी में बैठ जाती थी और ज़रूरतमंद दास-दासियों को वे उपहार दे देती थी।

सोनकी ने एक दिन पूछा, "ये सब बहुमूल्य चीजें तू क्यों दूसरी डावड़ियों को बांट देती है ? आखिर तुझे भी तो कभी बुढ़ापा आएगा।"

"किसे बुढ़ापा आएगा सोनकी ?"

"तुझे।"

"मुझे कभी भी बुढ़ापा नहीं आएगा। मैं सदा जवान रहूंगी। बुढ़ापा तो मुझे कभी भूल से भी छू नहीं पाएगा।"

सोनकी भी दार्शनिक बन जाती। उसके हाथ पर हाथ रख कर कहती, "जेतूडी ! यह उम्र किसीकी यायली (सहेली) नहीं होती। बड़ी निर्दयता से यह प्राणी को अपने पंजों में दबोचती है।"

उसने अपने अधरों पर सूखी मुसकान चमकाकर कहा, "तुम्हें कहा न कि मुझे बुढ़ापा नहीं छू पाएगा। मेरा खून ही ऐसा है।"

"फिर भी तुझे कुछ बचाकर रखना चाहिए। जीवन में कुछ ऐसी घड़ियां भी आती हैं जब सारे अपने संग छोड़ जाते हैं, लेकिन रुपया-पैसा कभी भी आदमी का साथ नहीं छोड़ता।"

"सोनकी, तू नादान है। इतना नीच धंधा करने के बाद भी तुझे बुढ़ापे की चिन्ता है ? छिः-छिः...अरे, तुझे तो उम्र को रोक देना चाहिए। लेकिन तू ऐसा नहीं कर सकती। सैकड़ों स्त्रियों की इज्ज़त लुटवाकर भी तू अपनी चिन्ताओं को नहीं मिटा सकी।...फिर तू ऐसा पाप का काम क्यूं करती है ?"

"मैं मन से मजबूर हूं।"

"तू पागल है। तेरी जीभ को हराम की कमाई का स्वाद लग गया है।"

"जेतूड़ी, हद से आगे मत बढ़ो।" ताड़ना दी सोनकी ने, "मैं महाराजा का नमक खाती हूं। उनकी आज्ञा का पालन करना मेरा धर्म है।"

जेतूड़ी ज़रा भी उत्तेजित नहीं हुई। वह शांत स्वर में बोली, "और महाराजा किसका नमक खाता है ?"

सोनकी ने कहा, "इस पृथ्वी का सारा नमक हमारे अन्नदाता का है।"

"नहीं सोनकी, नहीं, महाराजा और राजा का नमक तू खाती है और महाराजा और राजा प्रजा का नमक खाते हैं। प्रजा की गाढ़ी कमाई को ये अपने ऐशो-आराम में बरबाद करते हैं। चाम टैक्स लगाकर ये कामी कुत्ते प्रजा की बहू-बेटियों की इज्ज़त से खेलते हैं। अपने आंगन को कब्रगाह बनाते जा रहे हैं। और यह प्रजा...छिः, इस रियासत में सारे के सारे मुर्दे भरे

हैं। कोई विद्रोही भी तो नहीं है जो इन मुर्दों में जान डाल दे !"

"तू विद्रोह क्यों नहीं करती? महाराजा ने अब तुझे जाने की इज्ज़त भी दे दी है; फिर यहां पड़ी-पड़ी रोटियां क्यों तोड़ रही है?"

"तू सच कह रही है। लेकिन तेरे इस पापकुंड से निकलकर कैसे कोई शांत जीवन जी सकता है ! मेरा पति...मेरे मां-बाप...ओह ! कितना अपमानजनक जीवन जी रहे होंगे !"

सोनकी ने उठते हुए कहा, "तेरा माथा खराब है। तू कभी कुत्ते की मौत मारी जाएगी।"

"मैं तो बहुत पहले ही मर चुकी हूं।"

तभी नरबदा परेशान-सी आ गई। उसने घबराकर कहा, "सोनकी, सोनकी, मैं तो कालीधार डूब गई।"

"क्या?"

"महाराजा के आदमी मेरी ही बेटी को पकड़कर ले आए !"

"तेरी बेटी को?" आश्चर्य से उसकी आंखें विस्फारित हो गईं।

"हां, मेरी बेटी को।" उसकी आंखें भर आईं।

"तूने महाराजा साहब को बताया नहीं ?"

"बता दिया।"

"उन्होंने क्या कहा?"

वह आंसू भरकर बोली, "उन्होंने फरमाया कि कानून सबके लिए एकसमान होता है।"

"हे राम ! अब क्या होगा ?"

जेतूड़ी पागल की तरह खिलखिलाकर हंस पड़ी। वह लगभग दोहरी होकर बोली, "अब क्या होगा, यह मैं बताती हूं। ...महाराजा तेरी बेटी को नंगा करेंगे...उसके अंगों को...'

"जेतूड़ी..."

"खुद के लाय (आग) लगी तब जलने की पीड़ा को समझा ! कमीनियो, आज अपनी आंखों से सब कुछ देखना। भगवान शंकर की सौगंध है तुम्हें कि

तुम दोनों आज भी उसी तरह का मज़ा लेना जिस तरह का सदा लेती रही हो।"

सोनकी ने जेतूड़ी को एक चांटा मारकर कहा, "यह गैली (पगली) रांड है। चल, मैं खुद महाराजा से विनती करूंगी।"

नरबदा की बेटी बहुत ही सुन्दर थी। सोनकी ने महाराजा के समक्ष जाकर मुजरा किया।

महाराजा ने पूछा, "क्या बात है?"

"अन्नदाता, यह नरबदा की बेटी है।"

"हर बेटी की कोई न कोई तो मां होती ही है। सुनो सोनकी, इस 'पद्मिनी' को हम अभी मुक्त कर देंगे, क्योंकि यह नरबदा की बेटी है। सिर्फ एक बार...साली, आंखें फाड़-फाड़कर क्या देख रही है, जो हुक्म दिया है, उसपर अमल क्यों नहीं करती?"

सोनकी का रोम-रोम कांप उठा। वह वहां से खिसक गई। नरबदा बड़ी दीनता से अपनी बेटी की ओर देख रही थी। उसकी आंखों से निरन्तर अश्रुस्राव हो रहा था।

और अन्य डावड़ियां आज नरबदा को लानतभरी दृष्टि से देख रही थीं। जेतूड़ी फिर आ गई। उसने नरबदा के कन्धे पर हाथ रखा। कहा, "निखट्टू, शर्म कर ! क्या खड़ी-खड़ी देख रही है !...अपने बुरे कर्म का नंगा फल देख !...यह वासना का राक्षस कितना भूखा है ! इसे न अपना दिखाई देता है और न पराया...जो मिल गया, इसकी भेंट चढ़ गया।"

"यह मुझसे बर्दाश्त नहीं हो सकता।"

"तो चुल्लू-भर पानी में डूब मर।" उसने पीड़ा से आहत होकर कहा।

नरबदा भी बहुत ही उत्तेजित हो गई। उसका सारा बदन कांपने लगा। उसकी आंखों में वेदना का ज्वार उमड़ आया। उसके कठोर होते हुए मुख पर निर्णय के रंग बिखर गए। वह हठात् उठी। उसने समीप के गवाक्ष में से छलांग लगा दी।

उसने एक पल भी किसीको सोचने का अवसर नहीं दिया। सब हक्की-बक्की-सी खड़ी रहीं। एक अज्ञात मौन सबके बीच पसर गया।

विचित्र स्थिति थी।

जेतूड़ी ने पहली दफे उन ठहरे हुए पलों के बीच कम्पन पैदा किया। वह ज़ोर से चिल्लाई, "नरबदा...कूद गई ...नरबदा कूद गई।"

गवाक्ष के कठघरे में सब आकर खड़ी हो गईं। जेतूड़ी ने देखा, नरबदा गवाक्ष की छतरी से टकराकर नीचे गिर गई है। छतरी की नक्काशी बहुत ही तीखी है, जिससे नरबदा का शरीर कई जगहों से कट-सा गया है...वह पीठ के बल गिरी है...चारों ओर रक्त के छींटे बिखर गए हैं, नाक और होंठ कट गए हैं...।

आतंक ही आतंक !

इसी पल सिंगर आ गई। गवाक्ष में इतनी भीड़ देखकर वह टूटी-फूटी हिन्दी में पूछ बैठी, "यह क्या है ?"

"नरबदा ने आत्महत्या कर ली।" जेतूड़ी ने कहा।

सिंगर जब से आई थी, उसने हिन्दी और राजस्थानी सीखने का ज़ोर-शोर से अभियान शुरू कर दिया था। जब उसने यहीं पर रहने का निश्चय कर लिया था, तब यहां की भाषा सीखना प्राथमिक आवश्यकता बन गई थी। ट्यूटर का दायित्व पंडित शिवनाथ निभा ही रहा था।

जेतूड़ी ने सारा किस्सा बताया। सुनते-सुनते सिंगर का चेहरा कठोर हो गया। वह लपककर गवाक्ष में गई। उसने झांककर देखा। मुंह से एक हलकी चीख-सी निकल गई। व्यथाभिभूत वह नीचे की ओर भागी। तब तक कुछ और लोग इकट्ठे हो गए थे। सबने पश्चात्तापभरे स्वर में कहा, "अब क्या है ? मिट्टी हो गई है यह काया।"

महल में हलचल मच गई।

सिंगर का भावुक मन पीड़ा से कराह उठा। उससे नरबदा की विकृत लाश नहीं देखी गई। वह भागकर गुलाबकंवर के पास गई। जेतूड़ी ने उसका पीछा किया। न जाने सिंगर क्यों गुलाबकंवर की गोद में गिरकर फफक-फफककर रो उठी।

गुलाबकंवर ने अपार स्नेह के साथ उसके सिर पर हाथ फेरा। अधीर होकर पूछ बैठी, "क्या बात है बेटी, क्यों रो रही हो? मां-बाप के पास जाना

चाहती हो?"

जेतूड़ी ने संयत स्वर में कहा, "मां सा, नरबदा ने आत्महत्या कर ली है। ये उसकी लाश देखकर घबरा गई हैं।"

फिर जेतूड़ी ने सारा किस्सा बयान कर दिया। गुलाबकुंवर क्रोध में फूत्कार उठी। सीधी महाराजा के महल की ओर चली।

दरवाज़ा बन्द था।

रानी मां ने खटखटाया।

"कौन है ?"

"मैं हूं राजमाता।"

राजमाता का नाम सुनकर महाराजा एक पल के लिए घबरा उठा। तुरन्त उसने कपड़े पहने। दरवाज़े के बाहर आकर उसने राजमाता को प्रणाम किया, "हुक्म करिए !"

"भीतर कौन है ?"

"कोई है।"

राजमाता का स्वर कठोर हो गया। वह कड़ककर बोली, "मेरी बात का ठीक से जवाब दो। पहेलियां मत बुझाओ।"

महाराजा कुछ देर तक स्तब्ध-सा खड़ा रहा। फिर बोला, "इस बात का जवाब देना कोई ज़रूरी नहीं है।"

राजमाता की आंखें विस्फारित हो गई। उसे महसूस हुआ कि उसका गौरव खत्म हो गया है। उसके अस्तित्व को किसीने नकार दिया है। वह कड़ककर ऐसे बोली मानो उसके भीतर एक मां उजागर हो गई है, "किसन, इतने ओछे बोल मत बोलो। मैं इस रियासत की राजमाता हूं। तुम्हारी मां हूं।"

"मां हो तो मां की तरह रहो। राजमाता हो तो राजमाता के अधिकारों और मर्यादा के दायरों में रहो। राज्य की व्यवस्था आपके मान-सम्मान की खूब रक्षा करती आई है।"

"मेरा मान-सम्मान ही केवल मान-सम्मान नहीं होता। एक राजा अपनी समूची रियासत के मान-सम्मान का ज़िम्मेदार होता है ! और तुम

प्रजा की बहू-बेटियों को...मेरा तो लज्जा से मस्तक झुक गया है।"

"वह तो झुका ही रहेगा मां सा !" महाराजा ने लापरवाही से कहा।

"सच, आज मुझे बड़ा दुःख हो रहा है। मैं क्यों बेशुमार सुख-सुविधाओं में घिरी रही। सोचा था—जो बेटा अपनी मां का इतना ध्यान रखता है, वह प्रजा की मां-बहनों का भी उतना ही ध्यान रखता होगा।"

"मां सा, आप प्रभु का भजन कीजिए। जाइए...हमारे कामों में दखल मत दीजिए।"

"मैं तुम्हारे कामों में दखल नहीं दूंगी, पर मैं तुम्हारे पापों को बंद करने के लिए दखल दे सकती हूं। अब मैंने समझा कि तुमने मुझे धर्म, ईश्वर और अफीम के नशे में क्यों डुबोए रखा। महल के पिछवाड़े हिस्से में क्यों रखा।... बेटा ! यह महापाप है। एक राजा ऐसा कुकृत्य करके सुख नहीं पा सकता।"

महाराजा ने अपनी मां को घृणाभरी दृष्टि से देखा। कहा, "मैं अपने पापों का दंड स्वयं भोगेगा। आप चिता न करें।"

सिंगर इतनी देर तक चुपचाप खड़ी थी। अब उसका धैर्य जाता रहा। उसने पीड़ा से कहा, "पता नहीं, ईश्वर इतने किस्म के लोगों को पैदा करके इस पृथ्वी को क्यों नरक बनाता जा रहा है ?" उसने गुलाबकुंवर को पकड़कर कहा, "चलिए माताजी !" वह उसे ले आई। उसका मन बोझिल हो गया। राजमाता ने निर्णय कर लिया कि वह अब इस महल में नहीं रहेगी। इस महाराजा की असलियत वह जान चुकी है। वह अलग रहकर अपने जीवन की शांति को और प्रगाढ़ करेगी।

नरबदा की बेटी अपनी मां की लाश के साथ किले के बाहर चली गई।

सारे किले में आतंक छा गया।

बारातियों का कत्लेआम

वैशाख की तपती दोपहर थी।

राजा किसन का महल धूप की ऊष्मा से वीरान-सा लग रहा था। सबसे ऊपरी दो गुम्बदों पर दो चीलें बैठी थीं। पता नहीं, क्यों चुप-चुप, खोई-खोई-सी।

राजा किसन के महल के तोरण द्वार पर आकर सोनकी का रथ रुका। वह बिजली की फुर्ती से महल में घुसी। राजा किसन अपने खज़ांची से अपने गांवों की आय के बारे में पूछताछ कर रहा था कि किस-किस किसान व प्रजा के आदमी ने उसके भांति-भांति के लगाए गए करों को अदा नहीं किया है। इसका लेखा-जोखा वह कर रहा था। कर-वसूली का तरीका बहुत अधिक कठोर था।

सोनकी ने अपने आने की सूचना दी। राजा किसन ने उसे इन्तजार करने को कहा। उसने पुनः प्रार्थना की कि एक अत्यन्त ही आवश्यक काम है। उसे तुरन्त मिलना है।

दासी ने फिर जाकर राजा को कहा।

राजा स्वयं बाहर आया। उसने तनिक बिगड़कर पूछा, "क्या बात है ? दो घड़ी ठहर नहीं सकती !"

सोनकी ने सिर झुकाकर कहा, "खम्मा अन्नदाता, बात ही कुछ ऐसी है।"

"क्या बात है?"

"गांव प्रतापगढ़ का एक राजपूत अपनी नई-नई दुल्हन को लेकर नगर के बाहर तालाब की 'पाल' पर बैठा है। मैं उसके पास गई। कहा, 'अन्नदाता के हुक्म के अनुसार सबसे पहले महल में चलकर आशीर्वाद लो।'...इसपर वह राजपूत बींद (दूल्हा) बोला, 'मैं तुम्हारे राजा-महाराजा के आशीर्वाद की असलियत से परिचित हूं। वे आशीर्वाद के नाम पर इज़्ज़त से खेलते हैं, और जो हमारी इज्ज़त से खेलता है, हम उसके प्राणों से खेल जाते हैं।'...वह तांबे की तरह लाल हो गया। उसके अंग-अंग फड़कने लगे। मेरे साथ विक्रमसिंह था। उसने आगे बढ़ने की चेष्टा की। राजपूत ने बन्दूक तान ली। विक्रमसिंह सहम गया, क्योंकि इस बीच उस बींद के साथ सभी बारातियों ने अपनी-अपनी बन्दूकें संभाल ली थीं। लाचार हम लोग लौट आए। वे सारे लोग सूर्यास्त होते-होते चले जाएंगे।"

राजा ने क्रोध से कहा, "उन खोपड़ी-खराबों की यह हिम्मत? मैं उल्लू के पट्ठों को जीते-जी शेर के पिंजरे में डलवा दूंगा। उन्हें कुत्तों से नुचवा दूंगा।"

सोनकी ने हताश होते हुए कहा, "आप कुछ भी कहिए, मैंने जो देखा, वह

आपको बता दिया। दुल्हन अप्सरा है। एकदम गोरा रंग और गठा हुआ बदन।"

राजा ने तुरन्त ही एस० पी० को बुलाया। उसे सारा मामला समझाकर कहा, "तुम उस हरामी बींद के बच्चे को घसीटते हए हमारे सामने लाओ। उसकी यह मजाल जो हमारे कानून को तोड़े ? हम उसे कच्चा चबा जाएंगे।"

एस० पी० पचास-साठ सशस्त्र पुलिस वालों को लेकर चल पड़ा। तालाब के पास पहुंचते ही एस० पी० ने हवाई फायर द्वारा अपने आने की सूचना दी। बाराती भी सजग हो गए। उन्होंने भी पाल के आगे की एक लम्बी चट्टान के पीछे मोर्चा लगा लिया। एस० पी० ने कड़ककर कहा, "मैं तुमको चेतावनी दे रहा हूं कि तुम सब लोग अपने-अपने हथियार डालकर सामने आ जाओ वर्ना तुम सब गोलियों से भून दिए जाओगे।"

बींद का बाप बाहर निकला। उसके हाथ में बन्दूक थी। उसने साफे से अपना मुंह ढक रखा था। वह ओजस्वी वाणी में बोला, "हम लोग किसी कीमत पर हथियार नहीं डालेंगे। ...अत्याचार के सामने हथियार कायर ही डालते हैं—असली क्षत्री नहीं।"

"राजा की आज्ञा का उल्लंघन करना महाअपराध है।"

"राजा की आज्ञा यदि प्रजा के गर्व-गौरव को नष्ट करती है तो उस आज्ञा को एक कान से सुनकर दूसरे कान से निकाल देना चाहिए।"

"क्यों अपने को मौत के मुंह में डाल रहे हो ! ...मैं दस तक की गिनती करूंगा। इसके बाद भी आपने हथियार नहीं डाले तो मैं अपने आदमियों को गोली चलाने का हुक्म दे दूंगा।"

"आप कुछ भी करिए, पर हम महाराजा का यह हुक्म किसी भी शर्त पर नहीं मानेंगे।"

बस, फिर क्या था।

एस० पी० ने दस तक की गिनती की। इसके बाद लड़ाई शुरू हो गई। दोनों ओर से ज़बरदस्त गोलियां चलीं। एस० पी० के कुछ आदमी चुपके-चुपके पीछे की ओर चले गए। उन्होंने जब आक्रमण किया तब बारातियों के पांव उखड़ गए। दो घंटे की निरंतर लड़ाई के बाद प्रायः सारे बाराती मारे गए।

एस० पी० अपनी सफलता की खुशी में आगे बढ़ा कि दुल्हन ने एस० पी० को गोली मार दी। एस० पी० तड़ाक से गिर गया। उसके साथियों ने दुल्हन को ठंडा कर दिया।

हत्याओं का सिलसिला एक बीभत्स अंत लेकर समाप्त हो गया। तालाब के पास लाशें बिछी हुई थीं। खन के अजीबोगरीब एवं भयानक दृश्य बन गए थे। एस० पी० भी अंतिम सांस ले रहा था। उसे एक सिपाही ने उठाया। उसकी आंखें मृत्यु के आतंक के कारण फैल गई थीं। आकृति पर तनाव आ गया था। उसने कुछ सकेत से बताया कि वह पानी पीना चाहता है। दो आदमी दौड़कर चुल्लू में पानी भर लाए। एस० पी० को पिलाया। दो घंट पानी पीने के साथ एस० पी० का शरीर ऐंठने लगा। वह सीत्कारता हुआ एक झटका खाकर मर गया। पुलिस वालों ने टोपियां उतार लीं।

राजा को यह शोक-संवाद सुनाया गया। राजा शोघ्रता से महाराजा के पास गया। महाराजा भी इस हत्याकांड से घबरा-सा गया। उसे अपनी प्रजा से कोई डर नहीं था, लेकिन दिल्ली की अंग्रेज़ हुकूमत इसके विरुद्ध ज़रूर कोई कदम उठा सकती थी।

अतः दोनों ने गंभीरता से विचार-विमर्श किया। दूसरे दिन एक विज्ञप्ति प्रकाशित कर दी कि गांव प्रतापगढ़ के चंद राजपूत डाकू बारातियों के भेस में नगर के प्रसिद्ध सेठ बनवारीलाल डागा के यहां डाका डालने आए थे। वे डाकू तालाब के पास ठहरकर रात का इन्तजार करने लगे। इसी बीच हमारे सी० आई० डी० विभाग के एक कर्मचारी को इसकी सूचना मिल गई। सूचना मिलते ही हमारी बहादुर हथियारबंद पुलिस ने उनका घेराव कर लिया। डाक भी कम हौसले वाले नहीं थे। उन्होंने पूरे दो घंटे तक सामना किया। उनमें एक महिला डाकू भी थी। वह अन्तिम सांस तक वीरता से लड़ी। उसे हमारे वीर एस० पी० साहब ने पकड़ना चाहा। वह तुरन्त एक चट्टान के पीछे छिप गई। इसी कशमकश में हमारे युवा एस० पी० साहब भी मारे गए। आज उनका राजकीय सम्मान के साथ दाह-संस्कार किया जाएगा। उसमें हमारे महाराजा और राजा स्वयं सम्मिलित होंगे।

विज्ञप्ति के नीचे एक नोट देकर छापा गया था—प्रजा की जानकारी के लिए डाकूओं का लिखा खत छापा जा रहा है : सेठ बनवारीलाल डागा,

तुम्हें सावधान कर रहे हैं कि हम शीघ्र ही तुम्हारे यहां डाका डालने आएंगे। यदि तुम हमारे पास तीस हजार रुपये नकद पहुंचा दो तो हम डाका नहीं डालेंगे। रुपया काली पहाड़ी के शिव मंदिर के पिछवाड़े बुधवार को ठीक पांच बजे पहुंचा देना। तुम्हारा काम सिर्फ रुपया रखकर चले जाना होगा। किसीको सूचना दी तो परिणाम बुरा होगा। —डाकू छंगा

इस विज्ञप्ति का प्रजा में अच्छा प्रभाव पड़ा। लोगों ने एस० पी० की अर्थी पर फूलमालाएं चढ़ाईं।

राजा और महाराजा की चतुराई ने एक और रक्तगाथा को सुन्दर वस्त्र पहना दिए।

मेम दीदी

मिस सिंगर आसपास की आदिम बस्तियों के बच्चों, बूढ़ों और स्त्रियों में मेम दीदी के नाम से विख्यात हो गई थी। सब उसे प्रेम करते थे और वह सबको प्रेम करती थी। पर उसका भावप्रवण हृदय राजा-महाराजा की चरित्रहीनता के रक्तरंजित और लोमहर्षक किस्से सुन-सुनकर पीड़ा से भर आता था। वह स्वयं एक अज्ञात भय से घिर जाती थी। उसे लगता था, रात के अंधेरे में तन्द्रिल अवस्था में कोई उसके शरीर पर उंगलियां दौड़ा रहा है। तब वह सिहर जाती थी। सोचती थी कि इस समस्त पृथ्वी पर यौन की बुभुक्षा फैली हुई है और सारे लोग इस पीड़ा से विक्षिप्त हैं।'

यदि पंडित शिवनाथ न होते तो उस अन्दर से टूटी नारी का मन उचाट हो जाता। वह कदाचित् अपने सेवाव्रत को त्यागकर यहां से भाग जाती। पर पंडित शिवनाथ ने सिंगर को पिता का स्नेह दिया। इतनी आत्मीयताभरे पल दिए कि मिस सिंगर के मन को बल मिला और उसने आदिम जाति के बच्चों में फैले अज्ञान के अंधेरे को मिटाने हेतु अपने संकल्प को दृढ़ बना लिया।

पहाड़ियों के बीच जो आदिम जाति की बस्तियां थीं, वहीं स्कूल

बनकर तैयार हो गया था। उद्घाटन भी महाराजा ने किया था; क्योंकि पंडित ने समझा दिया था कि यदि ऐसा नहीं किया गया तो परिणाम आर्थिक दृष्टि से हानिप्रद रहेगा।

स्कूल में कुछ बच्चे आने लगे थे। सिंगर परी-सी उन बच्चों के बीच बैठकर उन्हें पढ़ाती थी, शिक्षा देती थी, व्यवहार सिखाती थी। स्नेह की अखूट बरखा करती थी। रोचक कहानियां सुनासुनाकर बच्चों में पढ़ने के प्रति रुचि जाग्रत करती थी।

पंडित शिवनाथ भी राजकाज की बातों से अलग-थलग-सा होकर अपना अधिक समय सिंगर को दिया करता था।

उस रात पूर्णिमा थी। सिंगर पंडित के साथ उसके घर से रात्रि-भोजन करके आ रही थी। वे दोनों एक बग्घी पर थे। चांदनी हरीतिमा से आच्छन्न पर्वतों पर सोई पड़ी थी। चारों ओर नीरवता छाई हई थी। झाड़ियां, खेजड़े, नीम, पीपल और कीकर सारे के सारे पेड़ चुप थे। सिर्फ घोड़े की टापों की आवाज़ ध्वनित-प्रतिध्वनित हो रही थी।

सिंगर ने शीतल बयारको सांस द्वारा पीकर कहा, "पंडितजी, इन राजा-महाराजा के अत्याचार अपनी चरम सीमा पर पहुंच गए हैं। मैं चाहती हूं, आप मेरे पिताजी को इनकी सारी करतूतें बताएं। इस तरह का प्रजा का शोषण असह्य है।"

"मैं दिल्ली जाने की सोच रहा हूं।"

"आप अवश्य ही जाइए और इन वासना के सांपों से फूल-सी सुकुमार युवतियों को बचाइए।"

"तुम ज़रा भी चिंता मत करो। मैं निकट भविष्य में दिल्ली जाऊंगा।"

अचानक सिंगर की दृष्टि एक जगह जलती हुई आग पर गई। धूं-धूं कर लपटें जल रही थीं। हवा के स्पर्श से कभी-कभी लपटों का रूप बहुत ही भयावह हो जाता था।

"यह क्या है ?" सिंगर ने विस्मय से पूछा।

"श्मशान भूमि है।"

"ओह !" सिंगर ने एक लम्बा सांस लिया। तभी उसकी निगाह एक आदमी पर गई। वह भयानक आदमी एक बांस से लकड़ियां हटा रहा था। सिंगर का विस्मय और गहरा हो गया। उसने पूछा, "पंडितजी, यह आदमी क्या कर रहा है ? क्या यह कोई चांडाल है ?"

"नहीं।"

"फिर?"

"यह अघोरी साधू है।"

"मतलब ?"

"इस प्रदेश में साधु-संन्यासियों के सम्प्रदाय हैं। उनमें अघोरी साधुओं का भी एक सम्प्रदाय है। ये अघोरी इस पृथ्वी के वास्तविक राक्षस हैं। मल-मूत्र भी स्वादिष्ट भोजन की तरह खा लेते हैं।.. यह अघोरी यहीं पर एक पहाड़ी गुफा में रहता है। इससे सभी लोग डरते हैं। यह मुर्दो को उठाकर खा जाता है। कभी-कभी यह किसी इन्सान की हत्या करके उसे भी चट कर जाता है। इसका सर्वत्र आतंक है। यहां के लोग और राजा-महाराजा इसे इसलिए कुछ नहीं कहते, क्योंकि इसकी संरक्षिका अघोरेश्वरी माता है। यदि इसे किसी तरह सताया गया तो वह माता सताने वाले का अहित कर सकती है। बेटी सिंगर, मेरा देश धर्मभीरु है। धर्म की वास्तविकता को वह नहीं समझता है, पर उसे भय के रूप में ढोता रहता है। इस भय ने ही संसार के सभी धर्मों के पंडों को मनमानी करने की छूट दे रखी है।"

बग्घी पहाड़ी घाटी में आ गई थी। दोनों ओर इतनी सुन्दर पहाड़ियां थीं कि सिंगर सम्मोहित-सी उन्हें देखने लगी। देखते-देखते बोली, "पंडितजी, मुझे प्रकृति और मनुष्य से बड़ा प्यार है। इस देश की मिट्टी और यहां के तरह-तरह के लोगों से बड़ा लगाव है। कितनी तरह के लोग, जातियां, रंग, चेहरे और बोलियां हैं।...अपने पापा के साथ बहुत-बहुत घूमी हूं। उत्तर से दक्षिण और पूर्व से पश्चिम। ...यहां आकर मन रम गया। एक ही नज़र में यहां की प्रकृति से मन जुड़ गया है। महसूस होता है कि मेरी आत्मा के किसी शून्य में एक भराव आ गया है। इस देश से एक अजब-सा लगाव हो गया

है। तुषार से ढके पर्वत और इन उजली रेत की घाटियों में भागते नंग-धडंग काले-कलूटे बालक मुझे मोह लेते हैं।"

"ऐसा क्यों ? देखो बेटी, यह जीवन अकेले नहीं जिया जा सकता।" पंडित ने नीले आकाश की ओर देखकर कहा, "बहुत लम्बा है इसका सफर। हर मोड़ पर एकांत, घुटन और ऊब...। कैसे यह महायात्रा कोई अकेले पूरी कर सकता है ! असंभव-सी लगती है। मर्द के लिए औरत औषध होती है और औरत के लिए मर्द एक अलौकिक आनंद। और तुम हो कि अपने-आपको एक साध्वी के सांचे में ढाल रही हो। यह स्वाभाविक नहीं है।"

सिंगर के चेहरे पर ठहराव-सा आ गया। चांदनी की धवल उज्ज्वलता ने उस ठहराव को थोड़ा-सा धो दिया। पंडित को महसूस हुआ कि सिंगर की आंखों में नमी तैर गई है। वह कुछ कहना चाहती है, पर गले में कांटों की फांस-सी फंस गई है।

बग्घी अब खुले मैदान में आ गई थी। हवा का स्पर्श तीव्र व मादक हो गया। सिंगर ने विस्तृत मैदान पर अपनी दृष्टि जमाकर कहा, "पंडितजी, आप यह समझते हैं कि मैंने कुछ आत्मसात् नहीं किया है ? ...पंडितजी, मनुष्य को वितृष्णा किसी कारणविशेष से होती है। वह एकांत की खोज किन्हीं ठोस कारणों से करता है। ...मैं अपने मन के उस गंदे यथार्थ को प्रकट नहीं कर सकती, पर यह सही है कि मुझे बहुत लोगों ने प्यार किया है। मेरे भीतर संसर्गों ने दलदल पैदा कर दी है। ...मैं ऊब चुकी हूं—शरीर के सतही भोगों से। ...रागात्मक रूप में आरंभ होकर एक छलावे के घृणित अंत में परिणत होने वाले 'प्रेम' शब्द की निरर्थकता मैं जान गई हूं। धार्मिक ग्रंथों में ठीक ही लिखा है—प्यार केवल प्रभु से किया जाता है।... मैं इसलिए ही इस घोर एकांत में रह रही हूं। इसका एक और कारण भी है पंडितजी, वह है—अपने-आपपर अविश्वास। मेरे मन को कोई भी छल सकता है। प्रेम, अपनेपन और स्नेह के भारी-भरकम मधुर शब्द ! ये सब बातें मेरी दुर्बलता हैं और मैं इन सभी बातों से बचकर यहां रहने आई हूं। मैं आपको सच कहती हूं कि यदि राजा-महाराजा के स्वभावों में ज़रा

भी दैविक गुण होते तो मैं उनपर भी रीझ जाती। मैं बहुत ही कमजोर हूं।"

और एक स्मृति-चित्र उसके मन पर छा गया। वह जब अपने पिता के साथ कलकत्ता थी, तब निक्सन उसे मिला था। वह सेना में अधिकारी था। युवा था। एक डिनर पार्टी में उसकी उससे भेंट हो गई। वह भेंट दिन ब दिन गहरे प्रेम में बदलने लगी। कोर्टशिप चालू हो गई। वे दोनों घंटों तरह-तरह के होटलों में रहते। फिर निक्सन उसे अपने बंगले ले जाने लगा। उत्तेजित वासनालिप्त क्षणों की रचना होने लगी। सिंगर ने कई बार जांघों के बीच लिज़लिज़ेपन का अहसास किया।...और इसके बाद निक्सन उससे ऊबने लगा। उन दोनों के बीच तनाव पैदा हो गया। सिंगर को ऐसा लगने लगा कि किसी ठोस कारण के बिना ही उन दोनों में अलगाव व ऊब बढ़ रही है। वह उस अजीब स्थिति को समझ भी नहीं पाई। सिर्फ उसे लग रहा था कि निक्सन ने जो वायदे, कसमें और जीवनभर साथ रहने की मीठी-मीठी बातें की थीं, वे सब उसे ब्लैकबोर्ड पर लिखे अक्षरों जैसी लगीं। तुरन्त ही वह मिट गई। वही वीरानगी उसके अन्तस में समा गई। सब कुछ बदल गया। कुछ दिनों तक वह कुछ भी नहीं भूली। फिर धीरे-धीरे सब कुछ भूल गई।... नये स्थान ने उसे नया रंग दे दिया। इस तरह न जाने कितने रंग उसने देखे।

जंगल की नीरवता को भंग कर रही थी—घोड़े की टापें इसके अलावा एक प्रशांत मौन !

पंडितजी ने पूछा, "क्या सोचने लगीं बेटी ?"

"कुछ नहीं पापा!" हठात् उसने कहा। फिर वह चौंककर बोली, "सॉरी पंडितजी !"

पंडित मुसकरा पड़ा।

सामने स्कूल का भवन दिखाई पड़ने लगा था। स्कूल के भवन के आगे कोई व्यक्ति धब्बा-सा दिखाई दे रहा था। जब बग्घी पहुंची, तब उस व्यक्ति मंगल ने पूछा, "बहत देर कर दी मेम दीदी !"

"हां मंगल, तभी तो पंडितजी छोड़ने आए हैं।"

वह उतर गई। लौटते हुए पंडितजी को नमस्कार किया।

एक राक्षस का अंत

एक अघोरी !

एक राक्षस !

मानव-जाति का राक्षस।

उसका नाम 'ताण्डव' था। देखने में पौराणिक राक्षस-सा लगता था। काला-कलूटा, हब्शियों की तरह मोटे और फैले हुए होंठ। बड़े-बड़े घास की भांति रुंखड़ बालों में जुएं कुलबुलाती नज़र आ रही थीं। ठोड़ी पर दाढ़ी। विचित्र-सी मूंछें... विशाल देह। उसपर मैल की परतें जमी हुई थीं। उसने घुटनों तक एक लबादा पहन रखा था। उसकी तोंद बहुत ही बड़ी थी। उसके दांत पीले-पीले और तीखे थे।

वह एक 'कन्दरा' में रहता था जो एक पहाड़ के नीचे थी। उसकी गुफा के पास मनुष्यों के कंकाल, खोपड़ियां और मरे हुए पशु पड़े रहते थे। उसके पास कोई नहीं जाता था। वहां के निवासियों का कहना था कि जो उस ओर भूल से चला गया, वह वापस नहीं आया।

उस दिन सुबह-सुबह एक भील घबराया हुआ स्कूल में दाखिल हुआ। उसने तेज़ स्वर में पूकारा, "मेम दीदी...मेम दीदी !"

मंगल ने उसे रोककर पूछा, "क्या बात है ? क्यों पागलों की तरह चीख रहा है ?"

"मंगल, मेरे बेटे को वह अघोरी उठाकर ले गया।" वह रुंधे स्वर में बोला, "तू जल्दी से मेम दीदी को खबर कर दे वर्ना वह राक्षस मेरे बच्चे को मारकर खा जाएगा।"

मंगलू भागकर मेम दीदी के पास चला गया। उसने मेम दीदी को सूचित किया। मेम दीदी के तेवर बदल गए। वह भील बालक मेम दीदी के स्कूल का विद्यार्थी था। मेम दीदी ने जल्दी से मंगलू, उस भील और अन्य भीलों को इकट्ठा किया। कुछ भीलों ने उसे मना किया, "मेम दीदी, उस ओर मत जाओ। वह बड़ा ही खतरनाक है। उसका आज तक कोई कुछ

नहीं बिगाड़ सका। उसने बड़ेबड़े मंत्र सिद्ध कर रखे हैं।”

मेम दीदी ने अपने कन्धे पर बन्दूक रखी। गुस्से में दांत पीसकर कहा, “मैंने भी बड़े-बड़े मंत्र सिद्ध कर रखे हैं। मैं उस चांडाल को देख लूंगी। जिनको चलना है, वे मेरे साथ चलें।”

एक बूढ़े भील ने हाथ जोड़कर समझाया, “मेम दीदी, उधर मत जाइए, वह खूंखार राक्षस बाद में हम सबको तंग करेगा।”

“तुम सब चूड़ियां पहनकर घर में बैठ जाओ।” मेम दीदी ने गरजकर कहा, “मैं जाऊंगी और अवश्य जाऊंगी।”

“वह आपको भस्म कर देगा। आपको जानवर बना देगा। वह बड़ा ही चमत्कारी है।”

“चलो मंगलू! ये धार्मिक अंधविश्वासों में जकड़े हुए लोग हैं।”

“मेम दीदी चल पड़ी। उसके साथ केवल मंगलू और उस भील का बाप था। तभी उस बालक की मां आ गई। वह मेम दीदी के चरणों में पछाड़ खाकर गिर पड़ी। रो पड़ी, “मेम दीदी, मेरे बच्चे को बचाओ...वह राक्षस उसे खा जाएगा...मेम दीदी...मेम दीदी...”

मेम दीदी वीरांगना की तरह बन्दूक लेकर चल पड़ी। सारे भील आशंका से घिर गए। उन्हें विश्वास हो गया कि अब मेम दीदी वापस नहीं आएगी। अघोरी उसे जलाकर भस्म कर देगा।

“हे मां दुर्गा, हमारी मेम दीदी की रक्षा करना।”

सबके चेहरों पर प्रार्थनाएं तैर रही थीं।

मिस सिंगर आगबबूला हुई उस गुफा के पास पहुंची। उस गुफा के दोनों ओर एक पहाड़ी नदी बहती थी। घना जंगल था। छोटी-छोटी पहाड़ियां। उसमें एक गुफा। पता नहीं, वह अन्दर से कितनी बड़ी थी। मेम दीदी ने उस अघोरी को ललकारा। कोई प्रतिक्रिया नहीं हुई। वह खड़ी रही। एकाएक अघोरी भीषण अट्टहास करके गुफा से बाहर निकला। उसने अधखाए हुए भील बालक को दिखाया।

एक चीख-सी निकल गई मेम दीदी के मुंह से। ओह, कितना बीभत्स!

कितना घृणित ! मंगलू ने नेत्र मूंद लिए। बालक का बाप दहाड़ मारकर रो पड़ा। और अघोरी फिर गायब हो गया।

मेम दीदी गुफा की ओर बढ़ी। मंगल ने उसे रोक लिया।

"मुझे छोड़ दो मंगलू ! मैं उस पापी को गोलियों से भून डालूंगी।"

"नहीं, मेम दीदी, नहीं ! मैं आपको गुफा के भीतर नहीं जाने दूंगा।"

"मंगलू!"

"पता नहीं, इस गुफा में क्या है ! आप इस गुफा के बारे में कुछ भी तो नहीं जानतीं। कहीं वह धोखे से हमला करके...नहीं, मेम दीदी, नहीं। मैं आपको गुफा में किसी भी कीमत पर नहीं जाने दूंगा।"

"मंगलू !"

"हां, मेम दीदी, आप इस गुफा में मेरी लाश पर से ही जा सकती हैं।"

मेम दीदी खामोश हो गई।

लौटकर सीधी राजमहल की ओर चल पड़ी। उसके पास भी तो अपनी बग्घी थी। वह तूफानी रफ्तार से राजमहल पहुंची। उसने महाराजा से भेंट की।

महाराजा ने सिंगर के अचानक आने का कारण पूछा, "क्या बात है ? आप इतनी घबराई हुई क्यों हैं?"

सिंगर ने प्रणाम करके कहा, "महाराजा ! आज गुफा का अघोरी मेरे स्कल के एक बालक को उठाकर ले गया और खा गया।"

"क्या कहती हैं आप !" मानो महाराजा को सिंगर की बात पर विश्वास नहीं हुआ।

"मैं सच-सच कह रही हूं।" सिंगर ने अपनी बात पुनः दोहराई।

महाराजा सहसा गंभीर हो गया।

सिंगर ने कहा, "आज वह नीच भील का बालक उठाकर ले गया है तो कल वह किसीका भी बालक उठाकर ले जा सकता है। इसलिए इसकी रोकथाम होनी ही चाहिए।"

"इसकी कैसे रोकथाम हो सकती है ?"

“उसने एक बालक की हत्या की है, इसलिए उसपर हत्या का आरोप लगाकर मुकदमा चलाया जाए तथा उसे फांसी की सज़ा दी जाए। ऐसे खूंखार आदमी को ज़िंदा रखने का कोई कारण नज़र नहीं आता।”

महाराजा अपलक सिंगर को देखता रहा। फिर वह बोला, “यह कैसे हो सकता है? उस साधू पर कैसे मूकदमा चलाया जा सकता है ? वह अघोरी है। उसके जीवित रहने की पद्धति ही वैसी है। फिर हम उन लोगों को कानूनन कुछ भी नहीं कह सकते !”

“क्यों ?”

“आप नहीं जानतीं मिस सिंगर कि यह अघोरी कितना चमत्कारी व ताकतवर है। यह हम सबको मंत्रों से मार सकता है। सभी लोग कहते हैं कि उसने अनगिनत ‘मैले मंत्र’ सिद्ध कर रखे हैं। नहीं तो भला कोई आदमी मल-मूत्र, पत्थर-मिट्टी खा सकता है ? मिस सिंगर, हम उसे कुछ भी नहीं कह सकते।”

“और वह राक्षस आसपास के गरीब-असहाय लोगों को मारमारकर खा सकता है ?”

“हम क्या करें? वह अघोरी साधू है।”

मिस सिंगर ने महाराजा से लम्बी बहस की, पर महाराजा अघोरी के विरुद्ध कोई भी कदम उठाने को तैयार नहीं हुआ। उसने अंत में कहा, “ये लोग ‘सुपरमैन’ हैं। इनसे लड़-झगड़कर मैं अपने सारे कुटम्ब को संकट में नहीं डाल सकता।”

मिस सिंगर लौट आई। वह पीड़ा से आहत थी। वह उस बीभत्स दृश्य को नहीं भूली थी—आधा खाया हुआ बालक और अघोरी का पैशाचिक अट्टहास ! वह कांप-कांप जाती थी। मंगलू ने उसे खाना परोसा। उसने मना कर दिया, “नहीं मंगलू, मैं खाना नहीं खाऊंगी।”

“मेम दीदी, आप चिता को छोड़ दीजिए। भगवान को यही मंजूर था।”

“यदि भगवान को यही मंजूर था तो मैं कहूंगी कि भगवान बहुत ही कमजोर हो गया है। अब उसके प्रताप के दिन चले गए हैं। उसकी दैविक शक्तियां खत्म हो गई हैं।”

मंगलू इस भारी-भरकम बात का जवाब नहीं दे सका। वह फिर अपनी बात पर आया, "पर आप खाना कितने दिनों तक नहीं खाएंगी?"

मेम दीदी ने मंगल की ओर देखा। कहा, "मैं खाना कैसे खा सकती हूं? मुझसे खाना नहीं खाया जाएगा। मंगल, मैं उस अघोरी को बिना मारे खाना नहीं खाऊंगी।"

"मेम दीदी !"

"हां मंगलू, तुम्हारी मेम दीदी क्षत्राणी तो नहीं है, पर उसकी प्रतिज्ञा भी उन क्षत्राणियों से कम अडिग नहीं है। मैं उस नीचपापी को बिना मारे नहीं रहूंगी।"

मंगल की आंखों में भय नाच उठा। वह हाथ जोड़कर बोला, "मेम दीदी, आप अपनी प्रतिज्ञा को वापस ले लीजिए। उसे तो आपकी बात का पता भी चल गया होगा।"

"कुछ भी हो। तुम्हारी मेम दीदी उस आदमखोर को मारकर ही शांत होगी।"

मेम दीदी की आंखों में ओज दीप्त हो गया। उसने अपनी बन्दूक ली और गुफा के पास ही एक चट्टान के पीछे छिपकर बैठ गई। उसके साथ मंगलू था। हालांकि उसने मंगलू को मना किया था, पर मंगलू नहीं माना। वह बोला, "मेम दीदी, मैं आपको अपने जीते-जी किसी संकट में नहीं डाल सकता।"

वे दोनों चट्टान के पास बैठे रहे। दिन छुपने के पूर्व वह अघोरी ताण्डव गुफा से बाहर निकला। उसके मुंह और तोंद पर बालक का रक्त बिखरा था। मेम दीदी अगाध करुणा से भर आई। ताण्डव इधर-उधर देखता रहा। फिर उसने एक पेड़ की शाख को तोड़ा और चबा गया।

अघोरी ताण्डव थोड़ा और आगे बढ़ा। वह धीरे-धीरे श्मशान की ओर जाने लगा।

अब वह घाटी में था। इस घाटी में छुपने का कोई स्थान नहीं था। अच्छा अवसर था। बस, फिर क्या? सिंगर ने बन्दूक को ताना। एक हवाई फायर किया।

अघोरी चौंका। उसने घूमकर देखा। सामने सिंगर को देखकर वह भूखे शेर की तरह गुर्राया। उस समय वह आदमी की जगह एक खूंखार राक्षस लग रहा था। वह हो-हो करके हंसा। फिर वह सिंगर की ओर बढ़ा। मंगलू का भय के मारे रक्त सूख गया। सिंगर ने घोड़ा दबाया। धांय। ...एक गोली और चली...फिर धांय...।

ताण्डव चीखकर गिर गया। कुछ पलों तक वह तड़पा, फिर शांत हो गया। अब सिंगर उसके पास गई। घृणा के मारे वह स्तब्ध थी। उसने बन्दूक के कुंदे से ताण्डव के मृत शरीर पर प्रहार करने शुरू कर दिए—"नीच, हत्यारे, पापी...मैं तेरी बोटी-बोटी काट डालूंगी...तेरा मांस कौवों को खिला दूंगी..." मारते-मारते वह रो पड़ी...टूटकर बैठ गई। फिर वह गुफा के पास गई। भीतर घुसी...बालक के कपड़ों के चिथड़ों को उठाकर वह चूम-चूमकर रोने लगी। वह इतना करुण-क्रन्दन कर रही थी मानो उसका अपना बेटा मर गया हो।

मंगलू भागकर बस्ती में गया। उसने मेम दीदी द्वारा अघोरी की हत्या करने की बात चिल्ला-चिल्लाकर लोगों को बताई, "मेम दीदी ने अघोरी को मार दिया है, मेम दीदी ने अघोरी को मार दिया है।"

सारी बस्तियां उस ओर उमड़ पड़ीं। मेम दीदी रोते-रोते शांत हो गई थी। उसका क्लांत मुख और सूजी हुई आंखों में एक करुण उद्रेक था। उसके पास अब भी उस भील बालक के वस्त्र थे।

भीड़ इकट्ठी हो गई। वह अज्ञात भय से स्तब्ध थी। धीमा-धीमां शंकाओंभरा कोलाहल उभर रहा था।

मंगलू ने आहिस्ता-आहिस्ता मेम दीदी के पास आकर कहा, "मेम दीदी, देखो, कितनी सारी भीड़ इकट्ठी हो गई है।"

मेम दीदी उठी। उसने इधर-उधर देखा। फिर मंगलू से कहा, "हमें यहां से चलना चाहिए। इस पापी की लाश कीड़े पड़-पड़कर सड़े और यह जहन्नुम को जाए।"

मेम दीदी ने मृतक भील बालक की मां को देखा। वह लगभग बीस साल की थी। उसका रंग काला था। आंखों में तरलता थी। नज़र मिलते ही

वह फफक पड़ी। उसने रुदनभरे स्वर में कहा, "मेरा बच्चा, मेरा बेटा..."

मेम दीदी ने उसे सांत्वना दी।

वह स्कूल में लौट आई। उस दिन बड़ी चर्चा थी कि आज रात कोई न कोई संकट हमारी बस्तियों पर आएगा। लोग आशंकित एवं भयभीत थे। सारी रात्रि के लोग सुख से नहीं सो पाए; पर मेम दीदी आराम से सोई। उसने सोच लिया कि प्रभु सदा अच्छाई का साथ देता है। इस नरपिशाच की समाप्ति के बाद सबको सुख से सोना चाहिए।

ताण्डव की मृत्यु के बाद उस क्षेत्र में दूसरा ताण्डव नहीं आया।

समय-चक्र चलता रहा।

सज़ा पर सज़ा

उस दिन राजा-महाराजा बड़े ही प्रसन्न थे। महाराजा की रानी भगवती के पुत्र पैदा हुआ था। उसकी खुशी में सारा नगर सजाया गया था। राजमहल में ढोलिनियों के गाने और तवायफों के नाच हो रहे थे। हिजड़ों के नत्य परिहास पैदा कर रहे थे और बहुरुपिए तरह-तरह का भेस बनाकर बधाइयां ले रहे थे। एक बहुरुपिया साक्षात् चामुण्डा का रूप धारण करके आया था।

दीवान और खजांची किले के भीतर स्वागत चौकी पर बैठे थे। वे नागरिकों में चांदी का एक-एक रुपया बांट रहे थे। आसपास के ठाकुर-सामन्त, नगर के सेठ-साहूकार महाराजा के पास आ-आकर बधाइयां दे रहे थे और उन्हें इक्कीस रुपये से लेकर पांच सौ एक रुपयों तक की नज़र भेंट कर रहे थे।

राजमाता गुलाबकंवर भी आज पोता होने की प्रसन्नता में मुट्ठी खोलकर दान-दक्षिणा दे रही थी।

चारों ओर खुशी ही खुशी।

उस खुशी में सिर्फ एक जेतूड़ी शरीक नहीं थी। वह अपनी कोठरी में एक मर्मान्तक वेदना लिए हुए बैठी थी। आज के दिन ही वह इस किले में आई थी। आज के दिन ही उसकी नाटकीय यंत्रणाओं का आरम्भ हुआ था।

एक शून्यता!

सोनकी ने आकर कहा, "जेतूड़ी, इस तरह क्यों बैठी है ? आज तो महाराजा इतने प्रसन्न हैं कि तुझे मुक्ति भी मिल सकती है।"

"अरे ! मैं तो मुक्त ही हूं।" जेतूड़ी ने वेदनाभरी मुसकान के साथ कहा, "पति, भाई-बहन, मां-बाप, सास-ससुर और अन्य सगे-सम्बन्धियों से मुक्त होने के बाद तो कैद सिर्फ इस सांस की डोर की ही रह जाती है। इसे भी तोड़ना चाहती हूं। जिस दिन यह टूट जाएगी, उस दिन मैं इस जन्म से ही नहीं, भवसागर के सब बन्धनों से मुक्ति पा जाऊंगी। फिर इस देह को कोई भी संभालकर नहीं रख पाएगा।"

"तू तो सचमुच पागल है। अब जो होना था, वह तो हो ही गया। फिर सुख से क्यों नहीं जीती? अरे पगली, यह जीवन-यात्रा बहत ही लम्बी है। इसे रोकर, घुटकर नहीं काटा जा सकता।... चल, चल...!"

"नहीं सोनकी।" जेतूड़ी ने आंसू ढलकाते हुए कहा, "मैं आज के दिन नहीं हंस सकती। मुझे कुछ भी नहीं चाहिए।...पैसा, सुख-आराम और सुविधाएं... मैं उनपर थूकती हूं।...तुम शायद सदा की तरह आश्चर्य भी करोगी कि फिर मैं क्यों जिंदा हं? मैं क्यों जी रही हूं? मुझे यहां रहने की क्या ज़रूरत है ? मैं नदी में कूदकर मर क्यों नहीं जाती ? मैं विष खाकर अपनी इहलीला समाप्त क्यों नहीं करती?...करूंगी...एक दिन ज़रूर करूंगी। इस हृदय में जो आग जल रही है, उसे उम्रभर नहीं सहा जा सकता। यह धीमे-धीमे मुझे जला रही है।"

सोनकी उसे स्थिर दृष्टि से देखने लगी। उसे वह सदा की भांति आज भी अजनबी लग रही थी।

आनंद के अथाह सागर में गोते लगाता हुआ दिन डबने लगा। सांझ के आते-आते आकाश मेघाच्छन्न हो गया और बूंदाबांदी शुरू हो गई। काले मेवों के बीच बिजलियां चमकने लगीं।

लोगों ने आनंद में विभोर होकर कहा, "हमारे महाराजा कुंवर साहब बड़े ही भाग्यशाली हैं। आते ही पृथ्वी को तृप्त कर दिया।"

सांझ को रात अजगर की भांति निगल गई। वर्षा ने ज़ोर पकड़ लिया था, इसलिए नगर के घरों, महलों व अन्य हवेलियों पर चिराग नहीं जल सके।

महाराजा, राजा और कुछ सामंत लोग आमोद-प्रमोद मनाते रहे।

तीन दिन पहले लाई हुई एक ढोलिनी भैरकी के सौन्दर्य-सरोवर में सब डूबने लगे। ढोलिनी का पेशा नाचना होता है। वह खूब पी-पीकर नाच रही थी। साज़िन्दे भी ढोलिनियां ही थीं। सबकी-सब सुन्दर और जवान। उन्मत्त और मस्त।

'भैरकी' दारू को पानी की भांति पी रही थी। फिर उन्मादित होकर गा रही थी—नाच रही थी:

दारू दांख्यां रो

पीवण आलो लाखां रो...

दारू दाख का है और पीने वाला लाख का है। लाख रुपयों की प्रतिष्ठा रखने वाला उस भैरकी ढोलिनी के हाथों से दारू पी रहा था। आहिस्ता-आहिस्ता भैरकी नग्न होने लगी। एक-एक करके उसने अपने सारे वस्त्र उतार दिए...सिर्फ रह गया घाघरा और कांचली।

अब गीत भी बदल गया था। भैरकी गा रही थी :

ढोला ढोल मजीरा बाजै रे
सौलै कली रो घाघरो नजारा मारै रै

घाघरा आंख मारने लगा।

महाराजा नशे में धुत था। वह जाजम पर से उठा। उसके पांव लड़खड़ा रहे थे। वह भैरकी के पास आया। उसने भैरकी को पकड़ना चाहा। भैरकी एक घुमाव के साथ दूर जा छिटकी। उपस्थिति उत्तेजना में डूब गई। चीख पड़ी।

राजा ने कहा, "कर दीजिए नंगा।"

महाराजा ने भूखी नज़र से भैरकी को देखा। भैरकी मुसकराई। महाराजा ने भैरकी को अपने गले का हार खोलकर दे दिया। एक सामन्त ने

उसकी ओर अपनी अंगूठी फेंक दी। राजा ने अपने हाथ का सोने का कड़ा निछावर कर दिया। ...इन सबका संकेत यही था—'भैरकी, तू नंगी हो जा ...तू नंगी हो जा !'

और भैरकी ने बड़ी तीव्रता से चक्कर निकालने शुरू कर दिए। उसका घाघरा क्रमशः ऊपर की ओर उठता गया। पिंडलियां और जांघे...शोरगुल ...धांय... !

उधर एक गोली सनसनाती महाराजा के सीने में घुस गई...

सन्नाटा!

भैरकी चीखकर भाग गई। राजा ने चिल्लाकर कहा, "गोली किसने चलाई ? महाराजा की हत्या किसने की ?..."

जालीदार खिड़की की तरफ से प्रेतात्मा की तरह प्रकट हुई—जेतूड़ी।

राजा ने उसके हाथ में बन्दूक देखकर कहा, "इसे गिरफ्तार कर लो।"

"राजा, अब तुम्हारी बारी है। मैं तुम्हें भी ज़िदा नहीं छोड़ूंगी। किसीने चालाकी करने की कोशिश की तो मैं उसे छलनी बना दूंगी।"

राजा के सामने मौत थी। सबके सामने एक भयानक मृत्यु का संत्रास!

जेतूड़ी आहिस्ता-आहिस्ता आगे बढ़ रही थी। उसकी आकृति प्रतिशोध की आग से दीप्त थी।

राजा ने कांपते स्वर में कहा, "नहीं-नहीं, मैं तुझे जिंदा..."

धांय...

एक गोली और चली।

राजा चीखकर गिर गया। लेकिन बात कुछ और ही थी। उपस्थिति ने देखा कि पहरेदार ने आकर जेतूड़ी को गोली मार दी है।

राजा को होश हुआ। वह घृणा से मुंह विकृत करके जेतूड़ी की ओर बढ़ा। उसकी बन्दूक लेकर एक गोली और मार दी, "कुतिया !"

जेतूड़ी की आंखें फट गई थीं।

उसका फैला हुआ लहू पुकार-पुकारकर कह रहा था—ओ प्रजा के आदमियो, मैं इसलिए ही तो जिंदा थी कि मुझे एक दिन इन कमीनों

से अपने पति और आबरू का बदला लेना था। इन वासना के सांपों—महाराजा-राजा—को पाठ पढ़ाना था कि विद्रोह हर शोषित के अन्तर् में पलता है, प्रभु की तरह वास करता है। जब वह चरमसीमा को स्पर्श करता है, तब वह हथियार बनकर शत्रु का नाश करता है।

'महाराजा की हत्या हो गई है। महाराजा को जेतूड़ी ने मार डाला है।' ये वाक्य किले की मज़बूत दीवारों में करुण-क्रन्दन करते हुए फैल गए और रात को ही चुपचाप किले के बाहर जाकर नगर में विस्मयभरे दुख के आवरण डाल गए।

खुशी मातम में बदल गई।

भगवती ने अपनी चूड़ियां तोड़ डालीं। सुबह उस वासना के कीड़े महाराजा की अर्थी में सारे नागरिक सम्मिलित हो गए। सबकी आंखों में कौन से आंसू थे, कहा नहीं जा सकता; क्योंकि जिस राजा ने प्रजा के खून से अपने शराब के जाम भरे हों, जिस राजा ने प्रजा की बहू-बेटियों को अपनी वासना का शिकार बनाया हो, उस राजा के लिए प्रजा अवश्य ही कुछ और किस्म के आंसू बहा रही थी। यह तो निर्विवाद रूप से कहा जा सकता है कि ये वे आंसू तो नहीं थे जो आत्मपीड़ा की आंच से पिघल-पिघलकर आंखों की राह बहते हैं और हमारे हृदय के बोझ को कम करते हैं।

महाराजा की लाश को जला दिया गया। जलाने के तुरन्त ही बाद ज़ोर की वर्षा होने लगी। ऐसा लगता था कि आकाश फट पड़ेगा और सारा नगर जलमग्न हो जाएगा।

राजा अपने महल में आ गया था।

वह रो रहा था। अथाह पीड़ा के कारण तड़प रहा था। महाराजा की मृत्यु उसके लिए असह्य थी। जेतूड़ी के शव को उसने गिद्धों के सामने डलवा दिया था। वह अपने मन के दुख को भुलाने के लिए शराब पी रहा था।

बाहर बरखा ने भीषण रूप धारण कर लिया था। बिजली बार-बार कड़क रही थी। राजा अकेला था। एकाएक कर्णभेदी गुरुगर्जन हआ—

बिजली का। लोगों ने भगवान को स्मरण किया: 'ज़रूर कहीं बिजली गिरी है।'

बिजली गिरी राजा के रंग महल पर। उसका एक हिस्सा टूट गया। राजा किसन के महल में हाहाकार मच गया। एक दासी ने भागकर दीपकुंवर को सूचना दी। उसने बाहर आकर देखा। लम्बी कैद के बाद उसे कुछ अजीब-सा लगा था—यह आकाश और यह प्रकृति।

फिर वह रंगमहल की ओर भागी। जो हिस्सा टूटा था, उसके आगे भारी-भारी पत्थर पड़ गए थे। भीतर जाने का रास्ता बंद हो गया था और नदी का पानी महल में घुसने लगा था। दीपकुंवर ने कहा, "मजूरों को बुलाओ...राजाजी दब गए हैं।"...

पर महल में बढ़ती हुई जलराशि ने संकट की एक नई स्थिति पैदा कर दी। कितनी विकट स्थिति थी ! लग रहा था—सबको संतुलित करने वाली प्रकृति सक्रिय हो गई है और वह निर्दयता से अपना काम कर रही है। राजा किसन को कुछ लोग मदद करने आए, पर नदी के विध्वंसकारी प्रवाह को रोक नहीं सके। सर्वनाश हो गया। कौन कैसे मरा, यह कोई नहीं जान सका।

तीन दिनों के बाद जब नदी का पानी महल के बाहर निकला, तब सबने कुछ लाशों को फंसे हुए पाया। उसमें एक लाश दीपकुंवर की भी थी। राजा किसन की लाश की खूब खोज की गई, पर वह नहीं मिली। ...उसका अता-पता भी नहीं लगा।... लोगों ने जान लिया कि उसकी लाश कहीं बह गई है। ...सब कुछ कुछ ही क्षणों में समाप्त हो गया।

एक बार फिर

पुरोहित ने अपनी आंखों से अतीत का अंजन पोंछ डाला। कितना लम्बा समय गुज़र गया था ! गोपाल मंत्रमुग्ध-सा पुरोहित के मुख से रोमांचक कथा सुन रहा था। कथा कहने का ढंग पुरोहित का काफी प्रभावशाली था। काफी सत्य इकट्ठे किए हुए थे।

पुरोहित ने दीर्घ निःश्वास लेकर कहा, " बेटा गोपाल, इस कथा में

तिथि, वार, सन् गड़बड़ हो सकते हैं, घटनाओं का तारतम्य भी इधर-उधर हो सकता है, पर सारी घटनाएं तथ्यों से लिपटी हुई हैं। ...भगवती अपने बच्चे की रीजेंट बनी। उसने राजा किसन के बाल-बच्चों और पत्नियों के निर्वाह के लिए एक छोटा-सा ठिकाना छोड़कर अन्य गांव अपने कब्जे में कर लिए। राजा किसन के महल को मनहूस समझकर उसे सदा-सदा के लिए बन्द करा दिया। भगवती समझती थी कि महाराजा का जो नैतिक पतन हुआ था, उसके पीछे राजा किसन का ही हाथ था। उसने यह भी कहा कि यदि राजा किसन जीवित होते तो वह उन्हें हत्याओं के अपराध में मौत की सज़ा देती। लेकिन यह एक विचित्र संयोग ही था कि दोनों व्यक्तियों का विकास एक ही तरह से हआ, दोनों साथ-साथ ही यौन विकृतियों के शिकार बने और दोनों के क्रियाकलापों का अन्त भी एकसाथ ही हो गया।

"समय व्यतीत हुआ। देश स्वतंत्र हो गया। ये महल, इमारतें और विलासस्थल वीरान होते गए। हर जगह तीव्रता से परिवर्तन होने लगे। महल सूने-सूने हो गए।...सबसे पहले इस महल के प्रेत के बारे में एक पड़ोसी को मालूम पड़ा। उसने एक रात एक काली मानव-देह को देखा। उसने उस देह को इतना लम्बा होते हुए देखा कि वह बेहोश हो गया। ...इसके बाद प्रेत-चर्चा नगर में जोर-शोर से फैली। कुछ साहसी लोगों ने रात को रहने की चेष्टा भी की, पर उन्हें अपने प्राणों से हाथ धोना पड़ा। तब से अनेक दुर्घटनाएं हुई हैं।"

"फिर हम कब चलेंगे ?"

"कल सुबह-सुबह।"

"पुरोहितजी ! मिस सिंगर आजकल कहां हैं ? क्या मैं उनसे मिल सकता हूं?"

"वह यहीं है। उसका वह स्कूल अब हायर सेकण्डरी स्कूल हो गया है। वह आजकल बीमार-सी रहती है।"

"क्या मैं उस देवी के दर्शन कर सकता हूं?"

"क्यों नहीं!"

"चलें?"

पुरोहित ने कुछ देर सोचा, फिर अपनी स्वीकृति दे दी।

पुरोहित ऊपरी मंज़िल में चला गया। थोड़ी देर के बाद आया। सिर पर पगड़ी, रेशमी अचकन, धोती और पांवों में नई मोजड़ी। उसपर ज़री का काम निकाला हुआ था। हाथ में एक आकर्षक सर्पनुमा छड़ी। इस छड़ी का मुंह चांदी का था।

दोनों ने टैक्सी ली। टैक्सी पहाड़ी घाटियों से होती हुई मिस सिंगर के निवासस्थान पर पहुंची। सच, सब कुछ बदल गया था। मेम दीदी ने यहां की आदिम जाति का कायाकल्प कर दिया था।

मंगलू का देहान्त हो गया था। उसकी जगह उसका बेटा चपरासी था। चपरासी ने पुरोहित को प्रणाम किया, "पा लागी पंडितजी!"

"मेम दीदी क्या कर रही हैं ?"

"पीछे वाले बगीचे में बैठी पढ़ रही हैं।"

"कहो, पुरोहितजी आए हैं।"

थोड़ी देर के बाद मेम दीदी स्वयं आ गई। वह एकदम बूढ़ी हो गई थी। चेहरे पर बड़ी-बड़ी झुर्रियां, आंखों पर चश्मा, सफेद छोटे-छोटे बाल, एक ढीला-सा स्कर्ट वह पहने हुए थी। प्रत्येक अंग की चमड़ी में सलवटें पड़ गई थीं। आवाज़ में कम्पन आ गया था। बोली, "आइए, आइए पंडितजी !"

पुरोहित ने मुसकराकर गोपाल की ओर देखा। गोपाल ने भी नमस्ते की। पुरोहित ने गोपाल का मेम दीदी से परिचय कराया। फिर तीनों बगीचे में आ गए।

मेम दीदी ने पूछा, "आप क्या पीएंगे? ठंडा या गर्म ?"

पुरोहित ने कहा, "इसकी कोई जरूरत नहीं है। यह गोपाल है। बाहर से आया है। मुझसे आपका ज़िक्र सुनकर मिलने को उत्सुक हो गया।"

"धन्यवाद।"

गोपाल एकदम चपचाप था। मेम दीदी के बारे में सब कुछ जानने के बाद उसके पास कोई प्रश्न शेष नहीं रहा था। वह तो अर्थभरी दृष्टि से उस महिला को देख रहा था, जिसने इतना दीर्घ जीवन इस एकांत में व्यतीत कर

दिया था। सच, आदमी का मन कितना विचित्र होता है ! ....

पुरोहित ने ही कहा, "कुछ पूछो न तुम !"

"क्या पूछू?" गोपाल ने सकुचाते हुए कहा, "मैं तो सिर्फ इनके दर्शन करना चाहता था। आप कितनी महान हैं ! इन अनपढ़-गंवार लोगों में आपने कितना प्रकाश फैलाया है ! नरक के कीड़ों की भांति रहने वाले ये लोग स्वर्ग का आभास तो अवश्य ही पाने लगे हैं।"

वह सहज भाव से हंसी। हंसने पर उसके गले का छिटका हुआ मांस हिला और वह बोली, "मैं कोई महान नहीं हूं। तुम्हें एक बात बताऊं—संसार में कोई किसीकी सेवा नहीं करता। हर मनुष्य दूसरों की सेवा के रूप में अपनी सेवा करता है; क्योंकि जिस कार्य में आत्मा को सुख-संतोष मिलता है, वह स्वयं की सेवा कहलाएगा। ...मैंने यहां रहकर कितना अलौकिक आनंद पाया है। स्वजनों को त्यागकर परिजनों का असीम बंधुत्व प्राप्त करने की सफलता के पीछे अवश्य ही कोई कूंठा थी। शायद मेरे अपने लोगों में वह बात, वह जुड़ाव और वह निर्मलता नहीं थी, जो मैंने इन लोगों में पाई। ये लोग जुड़कर कभी नहीं टूटते। मृत्यु ही इन्हें भले ही अलग कर दे। इनमें मां-बाप, भाई-बहन, पति-पत्नी के सम्बन्धों की कितनी अट शृंखला और सार्थकता है ! ...शायद ये ही बातें मुझे यहां ले आई। इतनी अगाध श्रद्धा, आदर और आत्मीयता मुझे अपने लोगों में नहीं मिलती... अब तुम्हीं कहो कि मैंने कितनी सूझबूझ से सब कुछ किया है !".. जैसे उसे भूली हुई बात याद आई हो, उस तरह चौंककर वह बोली, "नंदिता ...ओ नंदिता !" एक काली लड़की ने प्रवेश किया। यौवन के भार से लदी-लदी उस युवती में श्यामल-श्यामल आकर्षण था। वह मोहक थी। उसके काले अधरों के बीच धवल दंतपंक्ति का एक अलग प्रभाव था। उसने स्कर्ट पहन रखा था। आते ही उसने हाथ जोड़कर कहा, "प्रणाम !"

मेम दीदी की आंखों में चमक आ गई। वह बोली, "यह मेरी बेटी है अंकिनी। अरे, आप चौंकिए नहीं। मैंने इसे गोद लिया है। दो साल की थी

तब से पाल-पोसकर बड़ा किया है।...जा बेटा, चाय बना ला।"

वह चली गई। मेम दीदी ने कहा, "यह लड़की बहुत ही अच्छी है। हालांकि मेरे वंश, रक्त और कूटम्ब से इसका कोई संबंध नहीं है, पर इसमें मेरे सब गुण हैं। सब आदतें और रंग-ढंग हैं। ...मैं जब मर जाऊंगी तब इस अनंत विश्व में शायद यह मेरी याद दिलाती रहेगी। पुरोहितजी, मृत्यु मेरे बहुत ही करीब आ गई है, वह किसीपर दया भी तो नहीं करती। वह जिस दिन मुझे अपने में समा लेगी, तब यह अंकिनी अपनी मां के नाम को जीवित रखेगी।"

"नहीं मेम दीदी ! आपका नाम तो यह अंकिनी नहीं, यह स्कल जीवित रखेगा। ये तमाम लोग जीवित रखेंगे जिन्हें आपने जीने का सही हक दिलाया है।" गोपाल ने जरा नाटकीयता से कहा।

"हां, हां बेटा, मैं भूल गई थी। शरीर के साथ यह मन भी तो बूढ़ा हो गया है। क्या गलत बात बक गई। ...सच, यह स्कूल...ये लोग ही अपनी मेम दीदी को याद रखेंगे।"...

तभी एक लड़की भागती-भागती आई। उखड़े हए स्वर में बोली,"मेम दीदी, मेम दीदी, 'सालिंग' अपनी बहू को पीट रहा है। जल्दी चलिए वर्ना वह जान से मार देगा।"

मेम दीदी के थके-हारे शरीर में एक नई स्फूर्ति आई। वह उठी। क्षमा मांगकर बोली, "आप लोग चाय पीजिए, मैं अभी आई।"

मेम दीदी हाथ में छड़ी लेकर चल पड़ी।

गोपाल सोच रहा था— 'इसमें इतना जोश सहसा कहां से आ गया ?'

और पुरोहित कह रहा था "बस, अपने वतन से दूर इस एकांत में अपने-परायों का भेद भुलाकर इन सभी लोगों की छोटी-मोटी समस्याओं की भागीदार बनकर मेम दीदी जी रही है। राजामहाराजा को लोग भूल जाएंगे, पर मेम दीदी को कभी कोई नहीं भुला पाएगा। सोचो न, जिसके इतने अपने लोग हैं, वह भला कैसे मर सकती है ! ...मेम दीदी एक देवी है। ...गोपाल, एक दिन मैंने पूछा था, 'मिस सिंगर, कभी तुम्हें अपने वतन की,

अपने मांबाप की याद आती है ?'

" उसने कहा था, 'हां, आती है। मिस सिंगर कभी-कभी अपने वतन और अपने मृत मां-बाप के लिए विचलित-विकल हो जाती है, किन्तु मेम दीदी नहीं। अब मिस सिंगर कहां है—अब तो है मेम दीदी...मेम दीदी, केवल मेम दीदी..!' ",

अंकिनी आ गई। वे चाय पीकर लौट आए। अंकिनी ने बताया था, "मेम दीदी सब कुछ ठीक-ठाक करके ही आएगी—चाहे कितना ही समय लग जाए। वह तो देवी है।"

प्रेत के किले में

दूसरे दिन पुरोहित और गोपाल राजा किसन के किले में गए।

सुबह का समय था। धूप धीरे-धीरे तेज़ हो रही थी। पुरोहित ने अपनी बन्दूक ले ली थी। गोपाल ने पूछा, "इसकी क्या ज़रूरत है ?"

"अपनी सुरक्षा रखना ज़रूरी है।" पुरोहित ने कहा, "एक टार्च भी चाहिए।"

"टार्च बाज़ार से ले लेंगे।"

दोनों टार्च खरीदकर किले के पास पहुंचे। किले का दरवाज़ा टूट गया था। वे दोनों उसमें घुस गए। आसपास के लोग हैरान थे कि आज पुरोहितजी किले में क्यों जा रहे हैं। कुछेक ने प्रश्न भी किए, पर पुरोहित चुप रहा। उसने कोई उत्तर नहीं दिया।

किले के आगे रानी भगवती का पहरेदार खड़ा था। पुरोहित को देखकर उसने सिर झुका लिया। पुरोहित ने उसे आशीर्वाद दिया। कहा, "महल में जाना है।"

पहरेदार ने रास्ता छोड़ दिया।

वे दोनों किले में घुस गए। किले में सीलन, भीगी मिट्टी और सड़े हुए किवाड़ों की बदबू आ रही थी। कुछेक कक्षों में चमगादड़ों और पपीहों ने डेरा जमा लिया था। हर कक्ष में मिट्टी की तह जम गई थी। नहर में अब भी

पानी था। किले के स्तंभ अत्यन्त ही कलात्मक थे। कक्षों की ऊपरी छत की चित्रकारी अनुपम थी। कहीं-कहीं तो सोने की कारीगरी भी की हुई थी। जहां कीमती चीजें जड़ी हई थीं, वहां अब छोटे-बड़े सुराख बने हुए थे। लग रहा था, किसीने यहां की चीज़ों को चुरा लिया है। कुछेक का कहना था कि रानी भगवती ने राजा किसन के किले का सारा बहुमूल्य सामान चुराया था।

वे लोग लगभग तीन घंटे घूमते रहे। गोपाल सामन्ती कला की प्रशंसा कर रहा था। पुरोहित ने आंगन में पांव नहीं रखा। उसने बताया, “इस आंगन में कितनी ही आत्माएं असमय मृत्यु का शिकार होकर दफना दी गई हैं। यदि खोदोगे तो कंकाल आज भी उस लोमहर्षक गाथा को बता देंगे। सुनते हैं कि वे ही प्यासी आत्माएं इस किले में आज भी भटकती हैं।”... पुरोहित ने आंगन की ओर सिर झुका दिया।

एकाएक गोपाल चीख उठा, “शेर !”

पुरोहित ने बन्दूक संभाल ली, “कहां है ?”

“वह...वह...।”

पुरोहित खिलखिलाकर हंस पड़ा। उसकी पीठ पर हाथ रखकर कहा, “यह शेर नहीं, शेर का मुखौटा है।”

गोपाल झेंप गया।

चलते-चलते वे दोनों तहखानों के पास आ गए। पुरोहित ने कहा, “ये तहखाने भी अत्यन्त डरावने हैं। बीच में एक बड़ा तहखाना है। उसमें एक गुप्त रास्ता भी है।”

गोपाल ने जिज्ञासा प्रकट की, “चलें पंडितजी, तहखाने भी देख लें। शायद भूत उसमें हो?”

“किसी भी योनि का मज़ाक मत करो। इतनी मौतें यूं ही नहीं हुई हैं। कुछ तो कारण है।”

“लेकिन...।”

“मैं इन तहखानों में नहीं जाऊंगा।”

“लेकिन क्यं ?”

"मैं प्रेतात्माओं को कोई चुनौती नहीं देता।" पुरोहित ने अपनी बात स्पष्ट की।

गोपाल ने दृढ़ स्वर में कहा, "प्रेत कहीं भी नहीं होते पुरोहितजी, सारे भूत-प्रेत आदमी के अपने मन में होते हैं। भूत से भय ज़्यादा खतरनाक होता है।"

"तो भी..."

"मैं तहखाने में जाऊंगा ही।" गोपाल ने अपना निर्णय सुनाया।

पुरोहित उसे मना करता रहा, पर गोपाल अपने निर्णय पर अडिग रहा। अंत में उन्होंने एक दरवाजा खोला। एक बदबू की लहर फैल गई। इसके बाद गोपाल सीढ़ियां उतरने लगा। उसके हाथ में टार्च थी।

पुरोहित राम-राम कर रहा था।

एकाएक एक ज़ोर की चीख सुनाई पड़ी, "भूत... भूत... भूत..."

पुरोहित ने बन्दूक तान ली। वह लपककर नीचे उतरा। गोपाल भूत के भय से अचेत हो गया था। पुरोहित ने लपककर टार्च उठाई। वह अब हनुमान चालीसा का पाठ कर रहा था। उसने टार्च की रोशनी धीरे-धीरे तहखाने में फैलाई। पुराने सन्दूक ... सिंहासन और उनके बीच बैठा था—एक भूत...प्रेत...जिन...पुरोहित ने ज़ोर-जोर से हनुमान चालीसा का पाठ शुरू कर दिया। बन्दूक का निशाना साधकर पूछा, "तू कौन है, जल्दी से बोल वर्ना मैं तुझे गोली मार दूंगा।"...एक मोटा-सा आदमी, जिसका चेहरा विकृत था, होंठ पर से लहू टपक रहा था...एक आंख सड़ गई थी, जिससे मवाद बह रहा था। सड़ी हुई उंगलियां...सड़े हुए पांव... लटके हुए होंठ.. आदमी सड़ी हुई लाश की भांति दुर्गन्ध दे रहा था।...

"बोल, तू कौन है वर्ना मैं तुझे गोली मारता हूं!" पुरोहित ने चेतावनी दी।

उसने अपने दोनों हाथ उठा दिए। संकेत से बताया कि वह भूत नहीं है।

पुरोहित ने फिर पूछा, "तू भूत है ?"

"नहीं।" वह बड़ी कठिनता से बोल पाया।

"कौन है ?"

उसने कोई जवाब नहीं दिया। पुरोहित उसके पास गया। गौर से देखा—देखता रहा।

उस भयानक आकृति ने कठिनता से कहा, "पहचाना मुझे पुरोहितजी ! यदि आप ही मुझे नहीं पहचान सकते, तो भला मुझे कौन पहचान सकता है ?"

पुरोहित को वह आवाज़ बड़ी जानी-पहचानी लगी। उसने अपने मस्तिष्क पर जोर दिया। बहुत सोचा, पर वह उसे पहचान नहीं सका।

"समय की बात है पुरोहितजी !" उसने व्यथित स्वर में कहा, "वर्ना मेरे नाम से लोगों के कलेजे दहल जाते थे।"

पुरोहित ने सिर झुका लिया।

"आप ही तो हम लोगों का विरोध करते थे।"

पुरोहित के मुंह से हठात् निकल पड़ा-"रा...जा...कि...स...न !"

"हां पुरोहितजी, मैं ही वह पापाचारी राजा किसन हूं।"

"लेकिन आप यहां कैसे?"

"बिजली गिरने और नदी की बाढ़ के बाद भी मैं नहीं मरा। मेरा सब कुछ नष्ट हो गया। महाराजा की मौत के बाद मैं जानता था, महारानी भगवती के पास सारे राज्याधिकार आएंगे और वह मुझसे बदला लेगी। इसका कारण आप नहीं जानते.. मैं बताता हूं.. एक बार मैंने वासना में अंधे होकर महारानी भगवती के आंचल में भी हाथ डालने की चेष्टा की थी। इसकी शिकायत भी उसने महाराजा से की थी, पर मैंने महाराजा को समझा दिया था कि आपकी रानी हमारे बीच वैर-भाव पैदा करना चाहती है।...उलटा महाराजा ने महारानी भगवती को डांटा था। इसके बाद मैंने महारानी भगवती को कई बार महाराजा से अपमानित कराया था। इसी तरह मुझसे कई लोग रुष्ट थे।...उस भयानक दुर्घटना के बाद मैं अपनी स्थिति को सही रूप से पहचानना चाहता था। इसलिए मैं छुपा रहा। क्योंकि

मैंने जितने अपराध किए थे, उनसे मैं समझता था कि मेरे अनेक दुश्मन हैं। ...हवा का रुख स्पष्ट हो गया। महारानी भगवती ने मेरी सारी सम्पत्ति ज़ब्त कर ली। मेरी ज़मींदारी अपने अधिकार में ले ली। वह इस महल की अपार सम्पत्ति ले गई। दीवारों में से हीरे-मोती निकलवा लिए। ...वह प्रतिशोध लेना चाहती थी। मुझे प्रजा के सामने अपराधी बनाकर जूते मरवाना चाहती थी...शिकारी कुत्तों से नुचवाना चाहती थी।...मैं उसकी प्रतिहिंसा की आग को जानता था।...मेरे पापों और अपराधों ने मुझे इतना निर्बल कर दिया था कि मैं एक दहशत से घिरता गया।...मुझे हर आदमी अपना हत्यारा लगने लगा। मैं यहां तक आतंकित हो गया कि मुझे कभी-कभी अपने-आपसे भय लगने लगता था। दहशत बढ़ती गई। मैंने चीर की तरह अपने बारे में पता लगाया—लोग मेरी मौत पर पश्चात्ताप कर रहे थे। वे तो चाहते थे कि राजा किसन जिंदा रहता और हम उसे तड़पा-तड़पाकर मारते...उसे एक-एक गुनाह की सज़ा देते।...फिर मुझे कोढ़ रोग हो गया था। वह महाराजा के जीते-जी फैलने लगा था, पर मैंने उसे गुप्त रखा। ऐसी स्थिति में इस किले में बंद होने के सिवाय कौन-सा रास्ता था? यही मेरे लिए बेहतर था।... समय गुज़र गया।...मैं इस किले का प्रेत बन गया। धीरे-धीरे मुझे कोढ़ की बीमारी घेरती गई। दिन-प्रतिदिन मेरे अंग सड़ने-गलने लगे।...मैं जानता हूं कि मरे पापों का यही दंड हो सकता है। तिल-तिलकर सड़ना और मरना।... आप नहीं जानते पुरोहितजी, मैं पिछले कई महीनों से कितनी भयानक पीड़ा भोग रहा हूं ! असह्य दुःख !"

"लेकिन आप यहां पर खाते-पीते कैसे हैं ? दवा-दारू...।"

राजा किसन ने अपनी आंख को खोला वह बोला, "इन पेटियों में अफीम है। अफीम के तस्करों के साथ मैं जुड़ गया हं; क्योंकि अफीम मुझे भी चाहिए। मैं उनके माल की रक्षा करता हूं और वे मुझे सब कुछ दे देते हैं। लेकिन इधर दे मेरे रोग के कारण मुझसे दूर-दूर रहने लगे हैं। गत पांच दिनों से तो कोई इधर आया ही नहीं है।"

'जीवन कितना विचित्र है !' पुरोहितजी ने अपने-आपसे कहा।

"पुरोहितजी, मैं मरने वाला हूं। मैं आपसे प्रार्थना करता हूं कि यह कोई नहीं जान पाए कि राजा किसन इस तरह सड़-सड़कर मरा था। लावारिस लाश की तरह इस किले के प्रेत की कथा समाप्त हो जानी चाहिए। ...बस, आप लोगों को कह दीजिए कि प्रेत मर गया है। पंडितजी, आप मुझे वचन दीजिए।" पंडित ने वचन दे दिया। राजा किसन कठिनता से बोला, "पंडितजी, थोड़ा पानी दीजिए।"

पुरोहित पानी लेने गया। तब तक राजा ने अफीम को बड़ी मात्रा में निगल लिया। थोड़ा पानी पिया। पुरोहित पानी के छींटे डालकर गोपाल को होश में लाया। ...उसने आंखें खोलीं। पुरोहित ने संयत स्वर में कहा, "यह भूत नहीं, आदमी है। अफीम का तस्कर करने वाला, स्मगलर।"

"हैं !" आश्चर्य से आंखे फट गई उसकी।

"हां बेटे !"

गोपाल ने उसे देखा। राजा किसन ने बुझे स्वर में कहा, "मैं मर रहा हूं पुरोहितजी, अपने पापों का सही दंड भोगकर। ईश्वर का न्याय भी विचित्र है ! उसने दंड देने के भी कितने अनोखे तरीके बना रखे हैं ! न्यायाधीश अपराधियों को दंड देता ही है, लेकिन कभी-कभी अपराधी अपने-आपको भी दंड देता है। अपराधी को अपने पापों का दंड अवश्य मिलता है...अच्छा पंडितजी...राम-राम...हे राम..."

राजा किसन अचेत हो गया।

उसी दिन किले के असली प्रेत का पता चल गया। पुलिस आई और उसने राजा किसन को एक स्मगलर के रूप में पकड़ना चाहा, पर राजा किसन अधिक मात्रा में अफीम खाने के कारण मर गया था। उसके कोढ़ी शरीर को बड़ी कठिनता से जलाया गया।

गोपाल ने कहा, "पुरोहितजी, मैं ठीक नहीं कहता था कि भूत-प्रेत कुछ नहीं होते?"

"हां बेटा, तू ठीक कहता है कि भूत-प्रेत कम से कम यहां तो नहीं थे।"

पुरोहित ने गोपाल से विदा ली। वह सोच रहा था—इस विशाल धरती के आंगन में कितने विचित्र पात्र-पात्री मिलते हैं ! अपने कर्म करते हैं और उन अच्छे-बुरे कर्मों के अनुसार कुदरत द्वारा सज़ाएं भोगकर नाश को प्राप्त हो जाते हैं।

पुरोहित बहुत उदास हो गया, क्योंकि वह इस कहानी से जुड़ा एक पात्र था।

OOO